密室的鑰匙借給你

東川篤哉
Higashigawa Tokuya

目次

序章

關於這座城市的正確位置，在此刻意不附上詳細地圖，真要說的話，各位可以想像為「千葉以東，神奈川以西」的地點。

這裡曾是繁榮的漁港，烏賊捕獲量在全國排行名列前茅。

當地耆老聊往事時會提到，每年烏賊會在港岸聚集好幾次，數量多到宛如海面隆起一般，烏賊十隻腳微微晃動，彷彿在向漁夫們招手。

正如字面所述「一網打盡」，成功捕撈的漁夫一夕致富，得以在視野遼闊的高臺蓋豪宅，衣食無虞享受餘生。

這當然是昔日美好年代，景氣特別好的時期發生的往事。

如今建築物與人們都失去往昔光輝，好日子稍縱即逝。

最近這二十年來，烏賊從未群聚於港岸。

致富夢想已成往事，城鎮難免失去當年的活力，逐漸成為東京上班族或工地辛勤勞工們下班落腳的衛星都市，原有的特色逐年淡薄。

居民的生活支柱，當然不只是港口、烏賊與致富的夢想。

流經市區正中央注入太平洋的這條一級河川，沒人能忽略它的貢獻。

往年捕撈的烏賊，大多以這條水路運往內陸各都市。

這條河川自古就是這座城鎮的命脈，載滿貨物來往的船隻亦是城市象徵。

現在，市民的生活用水依然完全依賴這條河川，重要性未曾改變，即使頗為汙濁不再美麗，市民依然引以為傲。

當年主要用來載運烏賊的這條河川名為「烏賊川」，沒人抗拒使用這個名稱，甚至幾乎都覺得這個名稱平易近人。

因此，河川流域往年當然也叫做「烏賊川鎮」。

然而在三十年前，這裡隨著人口增加而升等為城市時，居民分成兩派直言不諱討論市名。

後來決議尊重原本具有淵源的傳統地名，烏賊川鎮順利升格為城市。

就這樣，這座城市現在名為「烏賊川市」。

近年來總是耳聞景氣蕭條的說法，然而這裡的治安沒有亂到如同市名「賊」這個字給人的聯想。

第一章　案發前

1

烏賊川市直到短短十年前都沒有大學，高中畢業的年輕人匆忙通勤就讀東京的大學，獨居東京的年輕人當然也很多。

不能這樣下去，否則市區會失去年輕活力——連任四屆進入第十六年，當時邁入七十歲的市長，由衷擔憂這座城市的未來，因此緊急決定設立大學。

既然認為「不能失去年輕活力」，自己應該率先退休，把機會讓給後進才對。市長將這種中肯批判當成耳邊風，再度連任一屆市長，終於如願以償為烏賊川市爭取到一所大學。

這就是現在的烏賊川市立大學，簡稱「烏賊川市大」。

由於沒有理工學院，所以不能稱為綜合大學，不過設立至今共有法律、經濟、文學等四所學院八個學系。

即使無法以學生素質為傲，還稱得上是經營有方。

其中最搶眼的，是近年中央也逐漸矚目的電影學系。

既然要設立新大學，就設立別處沒有的新學系。這種隨便又自暴自棄的構想被喻為歪打正著。

這個構想有多麼隨便又自暴自棄？

「在沒有電影院的村鎮舉辦電影節！」是最近流行的地方電影節常見的口號，烏賊川市大的電影學系，就是將這句話擴大解釋之後成立的學系。烏賊川市本身就是沒有電影院的城市，要前往最近的電影院，必須搭電車經過好幾站再轉搭民營電鐵數站。至少不是電影愛好者想居住的城市，這種城市居然設立電影學系，堪稱奇蹟。

即使如此，這個學系依然非常熱門，無論是第一年、第二年與後續數年，報名人數都超過招生人數。

即使電影號稱夕陽產業，規模不再足以稱為產業，依然緊抓著年輕人的心。

實際上，開設電影與影像文化專業課程的四年制大學很罕見，所以有些奇特的學生千里迢迢從九州或北海道前來就讀。

學系開設至今送出許多畢業生，好幾人活躍於影視媒體而且成就相當優越。

既然是電影學系，在電影世界活躍的畢業生當然不少。

甚至有一名疑似烏賊川市大的畢業生，拍攝許多情色電影之後成為年輕巨匠，不過這應該和大學無關，是當事人品味的問題。

就讀烏賊川市大電影學系的戶村流平，和諸多同伴一樣，想在將來成為名匠泰斗而進入這所大學。

他半認真認定自己將成為小津安二郎或黑澤明第二，誤以為奧斯卡或金棕櫚垂手可得，他在這方面堪稱了不起的電影迷。

為求謹慎做個解釋，這裡提到的「金棕櫚」不是法國甜點或植物名稱，是坎城影展的首獎，一般人絕對不會認為垂手可得。

然而光陰似箭，流平如今是三年級。

流平果然和眾多同伴一樣，感覺到己身才華的極限。即使如此也開始思考今後出路，希望能僥倖找到和電影稍微相關的工作，卻沒有進行具體的努力或行動，總之就是致力於消耗（浪費？）所剩無幾的大學生活——過著這樣的每一天。

他至今在大學生活確實學習到的道理只有一個：奧斯卡或金棕櫚，只不過是和自己人生處於另一個世界的價值觀。

即使是流平，想到自己只為此就繳交昂貴學費上學，終究對父母感到過意不去，所以在某天晚上，他以稍微鄭重的心情打電話回家。

「我應該沒機會成為電影導演，還是找普通工作就好。」

他如此吐露出真心話。

「看來你終於清醒了，謝天謝地，不枉費讓你去上大學。」

母親回應之後非常欣慰。

流平自此理解到，他自己是為了追逐夢想而就讀這所大學，但雙親是為了讓他放棄夢想才讓他就讀這間大學。這份過於令人感恩的顧慮，使得流平握著話筒的手微微顫抖，這什麼父母！

流平摔話筒掛掉電話，以持續火熱的腦袋擬定後續戰略。

他不願意就這樣厚臉皮讓步，即使不得已得找個普通工作，至少也要實現夢想，從事大眾媒體的工作，最好是和電影有關。

不過，和電影有關的工作沒那麼好找。

大部分的影視企業，規模出乎意料遠低於知名度，很少招募人員，除非得過的獎或製作的作品能夠證明能力，不然得以強大的門路才能入行，實際上學生們也傾向於完全放棄找這方面的工作。

不過，流平出乎意料在某個公司有門路。

那就是當地電視臺ＩＫＡ的相關企業，公司名稱也叫做「ＩＫＡ電影社」，是一間小小的電影製作公司。

就率直的流平看來，這家公司好歹標榜是電影公司，令他頗為滿意。

當然不只是標榜，ＩＫＡ電影社正如其名是製作電影的公司，這一點千真萬確。

但是他們經手的電影，不是在普通戲院以成人票一千八百圓公開放映的電影，而是專門製作紀錄片或教育影集的公司，堪稱和華美的電影世界無緣。

但能在當地就職，而且肯定是影視相關的工作，所以這間公司自然很吸引流平。

何況流平挺進ＩＫＡ電影社的過程中，有一位站在他這邊的可靠援軍，那就是任職於ＩＫＡ電影社總務部門的茂呂耕作。
茂呂耕作是比流平大三屆的學長，現年二十五歲，兩人在兩年前認識。當時還是烏賊川市大電影學系四年級的茂呂，拍攝一部紀實影片當成畢業作品，流平才一年級就參與影片製作，聽到他的頭銜可別嚇一跳啊！
「助理導演兼助理照明兼助理攝影兼記錄」
就是如此。
不知道該說正如其名還是正如字面所述，總之流平在茂呂拍片現場大顯身手的往事，當時參與製作的人員至今依然津津樂道。
說實話，流平那時候樂意擔任雜務等工作，是基於一年級新生的初生之犢心態，如今升上三年級的流平，就沒有這種勞動意願。
但是茂呂心中對流平的印象，依然維持在「為了自己的畢業作品不惜粉身碎骨效力的可愛學弟」，是一位各方面很照顧流平的學長。
像是會找流平一起聚餐、為流平的畢業作品提供建議、介紹珍貴罕見的電影……流平有時候會到茂呂住處喝兩杯，一邊看影片一邊暢談電影，偶爾也會留下來過夜。
流平由衷希望經由這位學長的引介找到工作。
流平毫不隱瞞向茂呂表達想進公司的意願，茂呂剛開始懷疑流平是否認真，最後感受到他的熱忱，保證會進行某種程度的安排，這是戶村流平三年級秋季發生的事。

即使世間學子傾向於提早找工作，流平終究暗自擔心這樣是否偷跑過頭，不過時機似乎意外恰到好處——過完新年的一月底，茂呂親自打電話給流平。

「嗨，戶村吧，好久沒聯絡，畢業作品進度怎麼樣，還順利嗎？」

「嗯，是的，普普通通。」

他的畢業作品是和朋友們一起拍攝實驗電影，順帶一提，流平的頭銜是「導演兼照明兼攝影兼記錄」。

簡單來說，只是從一年級的頭銜拿掉「助理」的字眼，作品本身則預定是一部前所未見、空前絕後、異想天開又支離破碎的失敗作品。

「普普通通啊，總之慢慢努力不要急，畢竟還有一年多才畢業。啊，說到畢業，你學分不要緊吧？得在三年級達到一個標準，否則升上四年級來不及補救。」

「嗯，學分這部分當然沒問題……」

流平拿到優等的科目一隻手就數得完，絕對沒辦法引以為傲；不過說到畢業的必修學分，他在這方面萬無一失。

「這樣啊，那接下來這一年就輕鬆了，反正畢業作品姑且做出氣勢就行……呵，太好了。」

「不，問題在於是否找得到工作……」

「放心，沒問題，我已經和部長提到你，而且部長交給我全權處理，總之應該不用擔心。」

「咦，也就是說，難道，那個……」

流平內心的一絲期待，膨脹到如同不合時節的積雨雲。講得更正確一點，這是對於「某句話」的期待，是對於求職大學生來說最為悅耳、如同魔法的那句話。

流平熱切期望能聽到那句話。

或許是這份熱忱透過電話線傳給對方，學長果然輕易就說出「這句話」。

「嗯，就當成是內定吧。」

「真……真的嗎！真的是內定吧？」

「算是暫時內定吧？」

進一步確認卻成為降級的回應，流平反省自己不應該多問一次。

「沒關係，沒關係！只是暫時內定也好……謝謝學長！」

激動的流平維持接聽電話的動作，朝電話機頻頻鞠躬。要是覺得這樣的他滑稽好笑就笑吧，這時候的流平，即使對方是三歲兒童，肯定也會大聲道謝鞠躬。

畢竟他沒想到事情如此順利，這個求職困難的時代，即使用掉明年整年也不一定能得到的「內定」兩個字，居然能像這樣輕鬆到手！流平覺得自己運氣好到恐怖。

然後流平開始感謝——感謝神、感謝好心的學長，也感謝一年級當時像是笨蛋，無論雜務或幕後工作都精神抖擻自願包辦的自己。「感謝自己」這種行為，當然是他人生至今罕見的事例。

2

隔天，流平在大學一見到人就吹噓自己幾乎確定出路，大部分的朋友只做出「太好了」、「好羨慕」這種最平凡的回應，但也有人露骨提出「為什麼決定去那種公司？」這種失禮至極的問題。

他們大概是難以接受流平早早決定進入中小企業的做法，應付這種意見的最佳方式就是無視，但某些人說出這種話可沒辦法無視。

紺野由紀就是其中之一。

紺野由紀是流平的女友，流平不記得曾經和她互許終生，卻也不是基於玩玩的心態交往，流平逕自認定畢業出社會之後依然會繼續交往，兩人就是這樣的交情。

然而，她一聽到流平確定出路，就立刻找流平出來。

「我們分手吧。」

並且扔下這顆炸彈。

這顆炸彈沒有倒數裝置，當場炸亂流平的心。

現在是正午休息時間，地點是校內咖啡廳一角，理所當然擁擠又嘈雜，難以形容是適合談分手的狀況。

「等……等一下，有話好說！」

內心受到打擊的流平，說出某位首相遇刺之前的名言，卻連自己都不知道該從哪裡怎麼說，為什麼忽然提分手？

「我看錯你了。」紺野由紀自顧自開始述說。「我原本以為你會更加力爭上游，畢竟我覺得你有這種才華……不，就某方面來說，即使沒有才華也無妨，我至少不認為你會輕言放棄，可是……我對這次的事情失望透頂，為什麼要選那種公司！」

「妳……妳說的『那種公司』是指ＩＫＡ電影社？」

「對！為什麼決定去那種小公司？你沒有進軍東京的氣概嗎？」

流平終究對此無言以對，其實他毫無氣概，何況「進軍東京」不像是現今女孩會說的話。

「東京和烏賊川還不是差不多？」

「差很多！」她越說越大聲，好恐怖。「你覺得這座城市有未來？」

「有吧？」

「有你的未來是吧，也對，但我討厭這樣，在這種充滿烏賊腥味的城市，又能夢想什麼樣的將來？」

流平不認為這裡有烏賊腥味，但還是嘗試反駁。

「可是啊，就算夢想很重要，實際上為了討生活，還是得……」

「我不想聽這種現實話題！」

真是的……流平雙手抱胸悵然若失。

既然不想聽現實話題，到底該討論哪種超現實的話題？

模仿奧森．威爾斯的聲音討論火星人進攻的話題？還是討論在比佛利山莊蓋豪宅，和葛蘿莉亞．史璜生在日落大道共舞的話題？

不，一切都沒有意義，現在的她失去冷靜，似乎是擅自對流平抱持期待，並且擅自認定遭受背叛，傷腦筋。

流平無可奈何說不出話。

「你這個人差勁透頂，沒骨氣、騙子、懦夫、膽小鬼！」

流平只有凝視她反覆變化的嘴角，沒辦法，讓她罵個夠吧。

「傻子、呆瓜、笨蛋！」

用到「笨蛋」這兩個字還真是率直，總覺得好像變成小學生吵架了，看來她腦中的罵人辭彙早早見底，不久就會用到「醜八怪」或「瘋子」吧？

流平抱持若干興趣等待下一句話，隨即……

「豬頭、色狼、沒技術！」

喂喂喂！這句話可不能當成沒聽到，流平終究無法繼續沉默。

「慢著……這……這和技術沒關係吧？」

「哎呀，對不起。」紺野由紀姑且在表面上道歉。

「不過，並不是沒關係，這是很重要的事。」

並且立刻扔下第二顆炸彈。

「……」

流平被講到這種程度就無地自容，只能舉白旗投降。

就這樣，流平得到工作，卻失去女友做為代價。

不久之後，「戶村流平××技術不好被女朋友嫌棄」的說法不知為何傳遍校內，看來咖啡廳那件事經過部分誇飾傳開了，謠言這種東西真是不負責任又恐怖。

總之，算了，在意也無濟於事。流平只能如此說服自己。

她就找個擅長聊夢想的男人，過著足以忘記現實的刺激生活吧，自己則是即使平凡，也要求得腳踏實地的穩定工作，如此而已。

由於分手方式如此震撼，流平內心對紺野由紀的愛情急速冷卻，對於分手毫無依戀。他接受現實，並且認為這樣就好。

3

然而，流平的情緒在意外的地方爆發。

事情發生在他和女友突然分手十天後的二月中。

流平和交情很好的五到八名（不記得了）朋友去喝酒，盡情暢飲日式白酒或琴酒（這也不記得了）之後，開始在居酒屋店內怪叫胡鬧，還在路邊和同樣喝醉的上班族互毆，幾乎單方面落敗（完全不記得了）。

隔天流平醒來，發現自己奇蹟似地躺在自家玄關。

他完全不曉得究竟是自己走回來，還是某人攙扶回來扔在這裡，推測是後者。

原因在於流平全身痛得無法自己站立，他花費好長一段時間總算起身，前往廚房洗臉時，再度因為劇痛而扭曲表情。

眉心傳來刺痛，肌膚觸感很粗糙。

戰戰兢兢照鏡子一看，眉心有塊如同漆黑疙瘩的物體，他知道這是鮮血凝結而成的血痂。

臉頰與額頭也有輕傷，到處髒得像是覆蓋一層塵土。

慘不忍睹到讓他可憐起自己的臉。

流平擔心自己鬧出什麼大事，不安地打電話給好友牧田裕二探聽消息。

「我想知道我昨晚遭遇什麼災難。」
流平率直詢問之後，牧田裕二立刻回答。
「昨晚你和素昧平生的上班族打架鬧事，不記得了？你這傢伙真讓人無奈。」
依照牧田裕二的說法，昨晚對打的上班族，身手敏捷得令人誤以為是拳擊手，出手每一拳都很重。
「這樣啊……」流平單手拿著話筒，逕自大幅點頭。「或許是我挨了他沉重的拳頭才失憶。」
「不。」朋友斷然否定。「是因為酒，你自顧自喝得亂七八糟，不准推託。」
「……這樣啊。」
看來是自作自受。
「不提這個，你在打對方的時候，叫著那個傢伙的名字。」
好友說出一件令他在意的事。
「那個傢伙？」
「紺野由紀啊，你大喊『由紀～』揮拳的時候殺氣騰騰，對方上班族看你這樣也嚇了一跳。」
流平還是不記得，但是大略可以想像這幅光景，應該是事實。
「後來你在車站前面的公車等候區，抱著時刻表站牌大喊『由紀～妳這○○○的敗類蕩婦～！我要宰了妳～』這樣……」

「……」

不會吧，慢著，這絕對是假的，我不相信。

「然後在計程車上，你也對司機找碴……」

「明白了，夠了，我不想知道。」

這已經足以讓流平陷入自我厭惡的情緒。

話說回來，表面上對分手的女友不以為意，內心卻完全依依不捨，這種現實實在很丟臉，流平接下來這幾天過得很沮喪。

茂呂耕作於此時向流平伸出援手，二月剩下一週的這一天，他主動打電話過來。

「聽說你很沮喪？總之打起精神吧。對了，下週找一天來我家玩，有什麼想看的影片就拿來吧，我們一起看。」

「這樣啊，那就恭敬不如從命……」

流平提議一部冷門電影「殺戮之館」，約定在一週後的二月二十八日造訪。

第二章　案發第一天

1

接下來事不宜遲，為各位敘述案發當天的狀況，不過必須先刻意說明一件事，就是關於這部作品的視點。

敘述案件的時候，一般都是以受害者、加害者或目擊者的視點來敘述，這堪稱推理作品的常理，但若想掌握現實案件的全貌，只以單一人物的視點無法充分描述完整，這也是事實。

無須強調，本次案件和戶村流平有關，這部作品的主線，當然會以他的角度跟隨案件進展，但光是這樣略顯不足。

為了彌補不足之處，要在這裡準備另一個視點。

說穿了，就是警方視點。

從兩種視點描述一個案件，並不是很稀奇的嘗試，反而很常見。或許有人認為這樣會有「幌子」或「假情報」介入的餘地而提高警戒，但是本作品並非這種風格。各位讀者肯定能經由兩種視點俯瞰整個案件的過程與全貌，這才是主要目的。

既然這樣，能夠自由切換戶村流平視點與警方視點的你究竟是何方神聖？似乎聽得見讀者們提出這個疑問。

這部故事的敘述者是誰？

這個問題有好幾種答案，各位可以把敘述者當成本書搭頁竄張掛名的「東川某人」，或是當成登場角色的某人，也可以當成推理世界常見的「上帝視點」，不過日本許多人是無神論者，或許很多人對這個詞頗為陌生。

無論如何，敘述時的視點會經常轉換，以電影術語來形容就是「旁跳」，或許有人會覺得煩，懇請見諒。

所以接下來輪到刑警們登場，刑警們不是凶手，他們在正統推理作品總是被迫飾演小丑，所以這麼做是最底限的禮儀。

烏賊川市理所當然有烏賊川市警察署。

警察署是一棟三層樓水泥建築，位於稍微遠離烏賊川市市區的運河旁，和威嚴的外觀不同，其實已經長年暴露於強烈海風而殘破不堪。

改建計畫屢次提議又遭駁回，現在依然處於觀望狀態。

遠眺就看得出來，曾經是純白的外牆成為黯淡的髒灰色，如今怎麼刷洗都無法恢復原本的純白。

要是走近一點，試著湊到牆壁前方觀察，肯定能以肉眼看見如同蚯蚓的裂縫。這些裂縫逐年變大，警方大多知道這件事卻刻意絕口不提，看來還不會處理。

要是再走近一點，接近到鼻尖快碰到壁面……大概會被當成可疑人物遭到臨檢，還是別這麼做比較好，畢竟附近都是警察。

比方說，請各位想像一名中年男性，看著流經警察署後方如同排水溝的運河水面吞雲吐霧，粗線條外型加上壯碩體格，乍看很適合以勞力維生。說到勞力，會令人聯想到黝黑肌膚在酷熱陽光底下流汗的那種勞動工作，但他並不是烏賊漁船的漁夫。

他正是號稱最能代表烏賊川市警察的人——砂川警部，興趣是臨檢，至今未婚、沒貸款、沒前科（了不起！）。

接著，為了說明砂川警部眺望運河的原因，在此必須讓另一名人物登場，就是砂川警部的部下——志木刑警，他從警察署一角現身，看到佇立在運河旁的砂川警部就快步走來。

「砂川警部，您又在這種地方打發時間！」

「喲，志木啊。」砂川警部語氣悠閒，視線沒有離開水面。「說我在打發時間就不對了，這是我每天的例行公事，不能輕易中斷。」

「您在看什麼……難道排水溝水面有浮屍？」

「別胡說，要是有浮屍，署裡的傢伙現在早就樂翻天……不對，嚇翻天了。來，你自己看，那邊一個、這邊一個，看，那邊也有。」

志木專注凝視，努力想看出砂川警部手指的方向有什麼東西，但是完全找不到。慢著，水面看起來飄著某種白色水珠狀的東西……那是什麼？

「那是寒天嗎？」

「你是笨蛋嗎？那是水母，看得到吧？數數看，一二三四……今天真多。」

「請問……有水母會怎麼樣？」

「只要這條運河水面出現大量水母，幾小時後就會下雨，這是我長年觀察得出的經驗法則，肯定沒錯。」

「慢著，原來您在預測天氣！」

是的，砂川警部的特技是預測天氣，只是不值得自豪。

「不行嗎？很準的。」

「不，並不是準不準的問題……您不是氣象預報員，是警官吧？」

「所以你找我這個警官到底有什麼事？快講明來意吧，我很忙。」

「看不出來您很忙……總之，不提這個……」志木刑警不再觀察水面。「有一件比起預測天氣稍微正經的任務要緊急出動，是漁夫之間的糾紛，您要去嗎？」

「不太想去……」

「相較於用水母預測降雨，這才是警官該做的工作，好了，我們走吧。」

志木刑警拉著砂川警部離開運河河岸，警笛聲不久之後響遍四周。漂浮在運河水面的水母，在觀察者離開之後繼續一個接一個冒出來——持續增加。如果砂川警部的經驗法則正確，烏賊川市今晚肯定會下大雨……

2

二月二十八日星期三的夜晚，比平常還要冰冷。

空氣寒冷沉重得像是凍結整座城市，海面不時吹來強風。烏賊川市往年冬季都很寒冷，但今年的低溫日子特別多，即使是三月腳步聲已近的這時期，依然感受不到春天的氣息，這天晚上也肯定寒冷到即將低於冰點。

流平依照一週前的約定，造訪茂呂耕作的公寓。

從烏賊川市中心走十五分鐘，面對烏賊川市河岸走到底左轉，從腳踏車專用道附設的河堤道路朝海面再走五分鐘有一座幸町公園，旁邊的區域就是……話是這麼說，但各位讀者不熟悉烏賊川市的地理，只會覺得這種說明如同生命契約的條款，如同無意義字詞的羅列。

不過在這個故事，周邊的複雜地理不太重要。

茂呂居住的公寓就在幸町公園旁邊，各位只要記得這件事就好。

建築物本身是鋼筋水泥的雙層樓破舊公寓，刻意寫出「破舊」兩個字對居民似乎沒禮貌，但這是事實所以沒辦法。

殺風景的水泥箱型建築物，屋齡已經超過二十五年，明顯老化。

房東似乎也在等待屋子壽終正寢，補修工程聊勝於無，外觀相當寒酸。

即使如此，這棟老舊公寓卻叫做「白波莊」。就算建築物老化，名字也不會老化，才會出現這種不平衡的現象，命名者或許沒考量到這種事。

流平橫越幸町公園進入白波莊，穿越昔日純白的小小外門，眼前並排著四扇門，茂呂住在最靠近外門的四號房。

流平看著手錶思考片刻。

「太早到不太好，遲到不在考慮範圍……」

約定的時間是晚間七點，手錶顯示再十分鐘就七點。

「要是太準時，有點像是故意調整時間。」

流平站在一樓四號房門口思考這種事，門上沒掛門牌，但他造訪過很多次，因此不可能搞錯。

鐵製的玄關門到處生鏽，反覆塗補的油漆反而凸顯醜態。流平每次來都覺得這道門很像國中體育倉庫的門，總之一看就知道這道門很堅固。

話說回來，這棟建築物有一個別處無可取代的優點。

這裡原本就很破舊，所以允許房客自由改造或改建，前提當然是不准弄壞建築物，但房東實際上大多睜隻眼閉隻眼。

茂呂將自己兩房住家的其中一個房間改裝到完全隔音，在牆壁設置投影螢幕，安裝投影機、大型喇叭、擴大機，還為了播放重低音而增設名為「Super Woofer」的系統，身為一介上班族的他，打造出這座夢想中的家庭劇院。

總工程費至少超過百萬圓，也就是說，茂呂耕作絕對不是因為窮而住在這間破舊公寓，是為了導入家庭劇院系統，特地選擇這個能自由改造的空間，堪稱是為了夢想不遺餘力的人。

流平也可以說是基於這一點而尊敬這位學長。

至今流平數度在茂呂這間家庭劇院舒服欣賞影集，看完之後經常希望自己總有一天也能像這樣擁有專屬家庭劇院。為此必須找到不錯的工作，並且要讓自己和茂呂的交情更好，這是流平最重要的課題。

流平胸懷明確的目標，按下四號房門鈴。

熟悉的茂呂耕作立刻開門迎接。

現年二十五歲的他，長相散發沉穩的氣息，本壘板的臉部輪廓配上微硬的頭髮，給人柔和感覺的細長雙眼以良好視力自豪，鼻子稍微鷹勾鼻頗為有型，不過在春季會對花粉產生敏感反應。嘴脣不厚，周圍總是有刮鬍後的粗糙痕跡，茂呂鬍子原本就濃，學生時代留著史蒂芬·史匹柏那樣的鬍子為人所知——即使這樣形容，但各位沒看過茂呂本人，只會覺得這種說明如同生命契約的條款，如同無意義字詞的羅列，真希望能讓各位看看照片……

簡單來說，請各位想像成一名不帥也不醜，似乎隨處可見的二十五歲男性。

「來啦，總之進來吧。」

茂呂身穿褐色長褲、薄毛衣與灰色保暖外衣，以輕便穿著迎接流平進房，他基本上只穿素色衣物。走進玄關，右側牆壁掛著茂呂的大衣，同樣是樸素的黑色款式。

「那麼，打擾了。」

玄關後方是短短的走廊，廁所與浴室的門沿著走廊並排，換句話說不是同一間，衛浴是分開的。走廊右邊是一間小廚房，走廊底部有兩扇門，一間是起居室，另一間就是茂呂引以為傲的家庭劇院。

流平先被帶到起居室，裡頭暖氣溫度調整得剛剛好，流平感覺自己被戶外寒氣逼得緊繃的身體一下子放鬆。

「外頭很冷吧？」

「是的，挺冷的。」

「明天會下雨嗎？」茂呂慣例聊著天氣話題，俐落清理桌上的報紙雜誌等雜物。

「坐這裡等我一下，我去泡茶。」

「啊，這樣太勞煩學長了。」

流平說著形式上的客套話，不過茂呂像是早已準備般迅速打理，很快就端來熱騰騰的玄米茶。

接下來的短暫時間，自然而然聊起就業話題。

「我想你或許誤會了。」茂呂將細長雙眼瞇得更細。「你該不會覺得我們公司很受歡迎，競爭激烈門檻很高？」

「這……不是嗎？」

「完～全不是。」茂呂大幅搖頭。「老實說，公司長期缺乏人才，形容為電影相關企業聽起來很氣派，實際只是承包的下游企業，但是這工作並非任何人都做得來，而且工作很辛苦，很多人離職。」

「這……這樣啊……」

流平心臟用力跳了一下。

「就是這樣，所以如果只是想進公司，哎，我不會說任何人都進得來，但是門檻不高，問題在於進來之後能做到何種程度。」

「聽學長這麼說，我有點擔心。」

「總之，你還有一年多才進公司，用不著想這麼多。」

「意思是要我好好唸書吧？」

「不，是要你好好玩。」

「………」

「因為我們公司經常要加班。」茂呂說完，像是很美味般飲用自己泡的玄米茶。

「今天加班、明天也加班……甚至會擔心這樣是否會違反勞基法。哎，說真的，能玩的時候就應該盡情玩樂，否則之後才後悔也於事無補。」

「……」

話中隱含太多玄機的建言，使得流平無言以對。他認為自己確實有一位好學長，並且有些垂頭喪氣。

「哈哈哈，不要明顯失望成這樣，這公司沒那麼差，總之擔心什麼事儘管找我，除了錢的問題，我都會陪你商量。不過你也是個怪胎，居然特地主動想來我們公司，哼哼，實際上我覺得你挺有膽量的。」

「這樣啊……」

難怪這麼輕易就內定，總之流平只能樂觀認為總比沒內定好，並且重新振作。

就業話題告一段落之後，流平與茂呂的對話，忽然變成電影愛好者的對話。

「話說回來，讓我看看你說的那部影片吧，你放在背包？」

「那部影片？」

流平瞬間沒能理解茂呂這個問題的意思。

「你不是在上次電話提到嗎？你想看一部影片……就是片名類似『暗殺之森』的那部，叫什麼名字？」

「暗殺之森」是義大利電影巨匠貝納多·貝托魯奇早期代表作「Il conformista」的

日文譯名，但流平想看的不是這部。

「不是『暗殺之森』，是『殺戮之館』，我當然帶來了。」

流平從自己背包取出一捲影帶。

「殺戮之館」是河內龍太郎這位導演重金執導的推理作品，河內龍太郎這位導演絕對不是巨匠，「殺戮之館」也只是一部幾乎被遺忘的電影。

說穿了就是執導的導演並非名人，這部電影也不是名作。

一週前以電話聯絡時，流平聽到「有什麼想看的電影？」這個問題，首先舉出的就是這部作品，茂呂聽完做出「為什麼？」的反應，但沒有特別反對。後來兩人達成協議，由流平去影帶出租店租「殺戮之館」，在今天拿到茂呂的家庭劇院收看。

所以流平今天前來的途中，到影帶出租店租了「殺戮之館」。

順帶一提，這間影帶出租店的店員叫做桑田一樹，是流平的同學，同樣自負是電影狂，他一看到流平想租「殺戮之館」就說：

「勸你別租，只是浪費錢，不然就是浪費時間，因為這部是難看爛作品的極致。真的，我不會說謊，而且實際上，我在這裡打工滿半年，你是第一個租這部作品的人，興趣再怪也要有個限度。」

他如此猛烈批判。

早知道別和這種傢伙打交道。客人正要收看作品，他卻單方面灌輸先入為主的觀念，這是違反電影迷道義的行徑。
加上這個原因，流平今晚反而賭氣也想看這部電影。
「很長？」
茂呂在意片長。
「有點長，你看，標籤印著兩小時三十分。」
流平將錄影帶遞給茂呂，茂呂接過來審視標籤，標籤確實註明片長為兩小時三十分，而且印著「一九七七年關東映協製作」的文字。
「嗯，一九七七年度的作品啊……有種不好的預感。」
茂呂呢喃說著，流平隱約能體會他這份擔憂，堪稱電影迷的流平，多少明白推理電影的興衰史。
昭和五十年代前後，日本電影界興起重金製作推理電影的熱潮，換算成西元就是七〇年代後半。
據稱帶動熱潮的是「砂之器」以及「犬神家一族」，不過獨立製片公司領導品牌ATG起死回生的作品「本陣殺人事件」或許才是開端。
總之，松本清張或橫溝正史的作品，當年接連改編成電影拿下亮眼票房，是一段現在無法想像的時代。
只要有熱潮，當然有人搶搭便車想分杯羹，推理鉅作風潮更是如此。

這陣熱潮在誕生許多仿製電影與衍生電影之後結束，關東映協在一九七七年製作的「殺戮之館」，正是該時代的作品之一。

流平自己也認為，這部作品的擔心要素確實很多。

但他就是忍不住想看。電影迷的心理很複雜，或許是一種想對恐怖事物一探究竟的心態。

這部電影如果好看就沒事，若是差勁到毫無可取之處，就某方面也能成為話題。

「這應該也是仿製電影吧？我覺得沒什麼好期待的。」

茂呂在收看電影之前就早早失去興趣。

流平慌了。

「學長，請別這麼說，究竟只是仿製電影，還是出乎意料的隱藏名作，我們就是為了確認才租來看吧？所以就這麼做吧，好嗎？」

「我當然會看就是了，啊……」

茂呂像是忽然想到般，向流平開口。

「你先去洗澡吧，你還是一樣平常只去澡堂？難得有這個機會就去用浴室吧，等你洗完再看影片。」

「啊，這樣啊，那我就恭敬不如從命……」

沒什麼好恭敬的，被迫住在沒浴室的公寓過著貧窮生活的流平，來到茂呂家肯定會洗澡，這已經成為慣例。

像這樣省去一筆澡堂費，是窮學生的生活作風，這方面應該是古今中外皆然。

茂呂也明白這一點，所以每次都不忘勸流平洗澡，流平一如往常自然樂意從命。

流平進入浴室洗澡，他泡在浴缸熱水的這十五分鐘，應該不需要特別描寫。

3

接下來，雖然時間順序稍微對調，不過就利用（？）流平洗澡的這段時間，敘述兩名刑警後來的行動吧，這也是恰巧和洗澡相關的一段小插曲。

砂川警部與志木刑警，接到漁夫鬥毆鬧事的消息之後專程前往碼頭。抵達現場一看，小型糾紛已經成為「警察vs.漁夫」的狀況，漁夫們袒護自己人，警察們既然接到報案趕過來就不能空手而返，這樣的演變在這座城市很常見。

到最後，帶頭鬧事者以及鬧事原因都沒查出來，一切不了了之，一個年輕人基於一點小事將一名警察推進海裡，以妨礙公務罪被逮捕，事件就此結束。驚動整個警察署的後果，只有一人被逮捕以及一個警官成為落湯雞，實在稱不上圓滿收場。

「怎樣，你看吧，所以我才不想來，真是的……白跑一趟。」

砂川警部口中持續說著不滿的話語。

另一方面，志木刑警身體不知為何不斷滴著冷水。

「一一一……一點都沒錯，不不不……不應該來的！」

「……」砂川警部愕然注視部下。「志……志木，你怎麼變成這樣？」

「我我我……我被推到海裡……」

「唯一的受害人原來是你……」砂川警部向志木投以同情的目光。「怎麼樣，冬天的海裡冷不冷？（當然冷）你居然能自己上岸，簡直是超人。」

「沒……沒有任何人，來……來……來幫我……」

志木逕自鬧彆扭發抖。

「因為你很不起眼……總之，既然逮捕鬧事的人，真是太好了。」

「一點都不好！」志木瞪大眼睛怒吼。

「明……明白了明白了！」志木異常的模樣與氣勢，連砂川警部也不敢領教。

「我明白了，所以……對了，去洗澡吧，去車站前面的三溫暖，怎麼樣！我……我開車載你去！」

「麻……麻煩您了……」志木絞盡臨死前……更正，絞盡最後的力氣低語。「求求您，快讓我在沒命之前洗澡。」

就這樣，砂川警部讓志木坐進偵防車副駕駛座之後發車，市民看到警笛聲大響疾馳的偵防車停在三溫暖前面，不知道做何感想。

總之，志木在即將凍死前被帶進三溫暖，總算得以「解凍」，稍微嘗受到冷凍肉送進微波爐的心情，但志木應該不會當成寶貴的體驗吧，不提這個……

「活著……真好……」

志木如今非常愛惜生命。

姑且恢復血色的志木出浴之後，開始煩惱衣服的問題，他不可能重新穿上泡過海水的西裝，而且當然沒有換洗衣物。砂川警部看到志木在置物櫃前面無所適從，靈機一動提出建議。

「交給我吧。」砂川警部拍胸脯說：「我認識這間店的職員，跟他說一聲應該能借點衣服穿，等我一下。」

砂川警部將志木留在置物櫃間逕自離開，不久之後回來的他提著紙袋，裡頭確實是衣服。

皮褲、卯釘皮帶、紅色上衣、深藍色龍紋刺繡外套，志木穿上這套衣物，怎麼看都是不務正業的青年。

「很適合很適合！」砂川警部隨口稱讚。

「請問……」志木當然不會高興。「警部認識的是怎樣的人？難道是黑道？」

「說什麼傻話，是我以前照顧的飆車族，現在完全洗心革面在這裡工作。」

「這個人即使洗心革面，穿著品味還是和以前一樣。」

志木以鏡子照著身後張牙舞爪的龍，表情有些無奈。這是刑警的打扮？即使是警匪連續劇的那位S恭兵，衣著也更加低調。

「別抱怨，有得穿就該謝天謝地。」砂川警部說著，以雙手捲起旁邊吸滿海水的西裝。「喂，這套西裝可以扔掉吧？可以吧，我扔囉？」

說到「可以吧」的時候，他已經把西裝扔進垃圾桶。

「警部……」

「什麼事？」

「不可以連警察手冊都扔掉。」

「笨蛋！早說啊！」

砂川警部連忙把手伸進垃圾桶，救回警察的證件。

4

流平出浴之後依照茂呂的吩咐，穿上他準備的整套棗紅色運動服，接受無微不至款待的流平心情很好，剛開始的緊張感不知何時解除，心情輕鬆得像是待在自己家。

「那麼，事不宜遲來看影片……」

「哎，等一下。」茂呂出言安撫。「我想看運動新聞，再等一下。」

起居室小電視播放的國營頻道七點新聞即將結束，播報幾則運動新聞之後是天氣預報。

「學長看什麼運動？足球？棒球？」

現在是二月底，流平想不到現在有哪些熱門運動賽事。

隨即電視主播開始報導：

「——接著是運動新聞，職棒今天開始進行開幕賽，在日南舉行的廣島對近鐵一戰，廣島期待的新戰力遭到強……強強……強烈砲……抱歉，廣島期待的新戰力遭到強烈砲火攻擊。」

原來是職棒開幕賽，現在確實是這個時期，話說回來，這主播播得好爛（應該說稿子寫得很差）。

不提這個，學長居然在看廣島對近鐵的比賽，興趣真特別。

在這座烏賊川市，無論是廣島鯉魚或近鐵野牛球迷都是超少數派，說不定茂呂是屈居少數派才不得已隱瞞至今，即使如此……還是很意外。流平不禁歪過腦袋。

「接下來是奧運新聞……」

主播更換話題時，茂呂發出「嗯～」的聲音伸懶腰。

「那麼，準備去家庭劇院看影片吧。」

看來茂呂對今年奧運毫無興趣，果然是廣島球迷，不，說不定是近鐵，但流平覺得應該不可能。

至於流平自己，則是從來沒讓人知道他是阪神虎球迷，因此在這種場面，會基於武士的同情心（？）避免無謂追究。

奧運新聞轉眼結束，回過神來一看，身穿深色西裝的氣象主播，站在電視畫面的正中央。

「接下來是天氣預報，發展中的低氣壓接近關東上空，預料關東部分地區明天清晨會降下雷陣雨……」

茂呂沒看完就早早按下遙控器按鍵關掉電視，並且像是不經意回想般低語。

「知道水母的天氣預測嗎？很準喔。沒啦，這不重要，我只是聽漁夫們聊過這件事，走吧，去看影片。」

流平與茂呂離開起居室，一起進入隔壁的家庭劇院。

粗糙牆壁貼上厚實隔音材料的空間，原本應該有三坪大，如今則是窄小到只有兩坪多一點，各種影音相關的機材，緊密設置在這個有限的空間。

櫃子緊靠牆壁擺放，收藏的影帶多到數不完。

至於房間中央，只有一張看影片用的三人沙發與一張小桌子。

這裡真的是只用來看電影，極為奢侈的空間。

茂呂老家確實很富裕，但這個空間肯定誕生於他想擁有專屬電影院的熱情。

「不過啊，科技進步確實帶來更多樂趣，卻也有麻煩的一面，接下來是ＤＶＤ的時代吧？這我不在意，但是這麼一來，好不容易收藏至今的錄影帶就會落伍，就算這麼說，也沒辦法把數量驚人的影帶替換成ＤＶＤ，傷腦筋……好啦，坐下吧。」

茂呂在螢幕前面恭敬低頭，流平姑且鼓掌回應。

「那麼，影片即將上映，手機請關機。」

茂呂以紳士語氣如此提醒，但他的紳士態度到此為止。

「喂，真的要關機啊，聽好了，手機敢響一聲的話……」

「的話？」

「罰一千圓！」茂呂面不改色講得毫不留情。「這是真的。」

「真嚴格，不過沒問題，因為我沒手機。」

「咦，為什麼？這時代一般都會辦支手機吧？」

「不，我原本就討厭手機，莫名有種受到束縛的感覺，此外也包括一些我個人的原因。」

不提喜歡或討厭，流平和紺野由紀交往時，多少體驗過手機帶來的便利性。但他趁著和女友分手，也和手機斷絕往來，這是莫名不好意思告訴他人的小插曲，不過是事實。

「好，開始上映！」

茂呂將「殺戮之館」的錄影帶放入機器，錄放影機放在沙發後方牆邊以免擋住視線，投影機立刻朝螢幕打光，開映時間剛好是晚間七點三十分。

茂呂關掉室內光源，四分之一世紀前的色彩終於在黑暗中甦醒，流平感受著真實電影院上映的感覺，落入影片的世界。

5

「幸町的高野公寓有一名年輕女性墜樓，附近警車請立刻趕往現場，重複一遍，幸町的高野公寓……」

時間是晚間九點四十五分。

警用無線電的礙耳聲音響遍昏暗的車內，至今坐在副駕駛座安靜得如同地藏的砂川警部，隨即發出緊張的聲音。

「什麼，在幸町！所以就是在這附近……好！」砂川警部探出上半身，將右手伸向無線電。「當成沒聽到吧。」

然後他以右手食指將無線電切換為ＯＦＦ，警用無線電只能沉默。

在駕駛座握著方向盤的志木刑警可不會沉默。

「哇！警部，您這是做什麼，發生案件了，案件！無視的話沒資格當警察吧！」

「你還想工作？真是學不到教訓的傢伙，這次你說不定會被扔進火裡啊？」

「如果是漁夫鬧事，我就不會去。」志木也覺得一天遭遇一場災難就已經足夠。「不過，或許是大案子。」

「放心，不會是大案子，反正不是意外墜樓就是跳樓自殺，這種案件交給縣警就行。」

「啊，市警不應該講這種話吧？如果反過來還有可能。」

「在這種天寒地凍的日子，我不想加班也不想看到屍體，還是回家鑽進暖桌喝杯熱清酒……你說對吧？」

「不可以這樣，我要開警笛了，可以吧？」

「這樣會妨礙安寧。」

「這是社會正義。」

「隨便你吧。」

其實志木一直在等這句話。

「那麼，浩浩蕩蕩出發吧。」

接著，警笛聲刺耳響起，擾亂烏賊川市的夜晚，行人轉頭想知道發生什麼事，通行車輛驚慌失措往左或往右改道。

志木全速駕車趕往幸町。

在響亮警笛聲的效果之下，警車轉眼就抵達高野公寓前面的路邊，時間是晚間九點四十八分，如果沒有閒聊肯定能更早抵達。

民眾已經開始聚集在現場看熱鬧，兩名制服員警拉出封鎖線努力維持現場完整，不過還沒看到其他警車。

「太棒了，警部，我們的車子率先抵達，真幸運！」

「我並不高興，又不會得到什麼獎品。反倒是你會不會太有幹勁了？差點在海裡溺水卻精神百倍……你是特異體質？」

志木也覺得這番話頗有道理，不過更重要的原因，在於案發現場特有的熱氣振奮他的心情，要說他是為了享受這種感覺而當警察也不為過，志木可不能在這種時候累癱。

兩人下車了，志木刑警精神抖擻，砂川警部則是不甘情願。

似乎還有幾輛警車正逐漸接近現場，數個警笛聲在不同位置此起彼落反覆響起，這附近再過幾分鐘肯定停滿警車。

砂川警部與志木刑警撥開看熱鬧的人群走向兩名巡查，砂川警部隨意舉起右手，擺出不曉得是敬禮還是手臂體操的動作，巡查們立刻立正敬禮並拉開封鎖線。

志木也隨後跟上。

「啊，這位先生，普通人禁止進入，退後退後。」

封鎖線像是平交道護欄迅速擋在他面前，被當成局外人的志木瞬間愕然，卻立刻轉換心態認為在所難免。

「那個……不好意思，雖然我穿這樣好像小混混，但我也是刑警，請看。」

志木忍著難為情的心態，把警察手冊當成古代印盒一樣高舉，巡查把眼睛睜得斗大，目不轉睛凝視黑皮手冊，連志木也看得出巡查臉上寫著「不敢相信」四個字。

「啊，這傢伙沒問題。」砂川警部出面打圓場。「他穿成這樣是有隱情的……那個，也就是說，他直到剛才都在進行潛入搜查。」

「咦，潛入搜查嗎！」巡查發出感動的聲音。「所謂的潛入搜查，就是那部警匪連續劇為人所知的那個吧？刑警變裝進入黑道幫派臥底，非常刺激又帥氣的那種任務……原來是這樣，所以才打扮成這種退休飆車族的模樣！」

「嗯。」砂川警部適度點頭回應。

志木決定保持沉默，這套衣服真的是退休飆車族借的，但他難為情到說不出口。

巡查收起剛才的質疑目光，像是目睹耀眼事物般看向志木。

「肩負如此重大的任務，您辛苦了！」

「慢著，不，沒什麼大不了的。」志木只能姑且配合作戲。

「既然是潛入搜查，您果然是潛入黑道幫派嗎？像是村川組或丸和會……」

「不。」志木老實回答。「是海中。」

屍體位於步道一角，蓋著一塊不知道哪裡找來的白布，抬頭一看，以漆黑夜空為背景屹立的高野公寓，如同從上方覆蓋的巨人。

砂川警部斜眼看著屍體所在處。

「鑑識人員沒來，最好先別碰屍體，沒辦法，和第一目擊者閒聊打發時間吧。」

「居然說閒聊……是偵訊吧？」志木如此更正。

「也可以這麼說。」砂川警部似乎把這兩個詞當成同義。「小夥子，可以帶第一目擊者過來嗎？」

被叫做小夥子的制服巡查，立刻帶一名像是白領族的中年男性過來。遭遇這種場面的這名男性似乎有些激動，自我介紹的速度很快。

「高梨孝太郎，五十一歲，在物流公司擔任勞務課長。」

「原來如此，那麼麻煩你述說發現屍體的經過吧，當時大約幾點？」

「我清楚確認過，當時我的手錶顯示九點四十二分。」

「喔……恕我冒昧。」砂川警部握住對方左手，把自己左手湊過去捲起袖子。

兩個手腕的兩支手錶閃閃發亮。不，正確來說，只有對方的高級手錶在發亮，警部的廉價數位手錶，洋溢著相當老舊的氣息。

無論如何，兩支手錶顯示的時間幾乎相同。

「嗯，現在是十點將近一分，看來幾乎正確。」

「不，是完全正確，勞務管理的第一要項是嚴守時間，這是鐵則，刑警先生的手錶大約慢了十五秒。」

高梨孝太郎自豪挺胸，砂川警部心情似乎稍微受到影響。

「明白了，那麼可以說明九點四十二分的狀況嗎？」

「小事一件。」勞務課長口若懸河述說。

「我獨自走在這條人行道要回家，經過這棟公寓前面的時候，大約在我面前五公尺處，忽然有某個東西咚一聲掉下來。我嚇得半死，甚至以為某人從公寓陽臺朝我扔沙包，但我戰戰兢兢接近一看，發現是一名年輕女性。我第一個念頭覺得是自殺，在這時候確認時間是九點四十二分。」

「喔……」砂川警部發出像是感意外的聲音。「也就是說，你並不是發現屍體，而是目睹死亡瞬間，這很稀奇。」

「是的，我也是第一次遇到這種事，至今心臟還跳得很激烈。」

「請放心。」砂川警部面不改色說：「不會有第二次……應該吧。」

「我想也是。」

志木不禁也在內心大喊「當然吧！」，這種體驗不可能頻繁發生。覺得兩人真的像是在閒聊的志木，插嘴提出正經的詢問。

「你趕過來的時候，這名女性已經斷氣？」

「嗯，是的，畢竟血噴得到處都是，實在不像是還有呼吸……」

「知道她從幾樓墜落嗎？」

「不，我只看到女性摔落地面的瞬間，所以無法斷言。」

「看過這名女性嗎？」

「不，素昧平生。」

「明白了。」志木完成一連串詢問之後，交棒給砂川警部。

砂川警部催促對方說下去。

「那麼，你目擊這名年輕女性死亡之後怎麼做？」

「我第一個念頭是報警，附近就有派出所，我覺得去那裡比打一一〇快，所以就這麼做了。」

「原來如此，喂，志木，叫剛才的年輕巡查來確認。」

志木帶著忙於整頓圍觀群眾的巡查前來取代勞務課長。

「敝姓加藤，加藤信夫，任職於幸町派出所。」

「啊，這樣啊。」

年輕巡查順勢自報姓名，似乎希望警部記下來，但巡查姓名不在砂川警部的興趣範圍，不只是當成耳邊風，還另外提出好幾個問題。加藤巡查以回答的方式，承認高梨孝太郎的證詞毫無虛假。

「高梨先生在晚間九點四十三、四分左右，衝進我所在的派出所。如果命案發生在九點四十二分，從現場和派出所的距離推測，理所當然是這個時間，肯定沒錯。」

「喔，那麼恕我冒昧……」

砂川警部沒學乖，重複一次剛才的動作，巡查套著制服的手臂和警部手臂並排，確認彼此手錶的時間，結果和剛才一樣。

「嗯，十點七分，看來幾乎正確。」

「不，在下的手錶肯定正確，這是誤差不到兩秒的最新款式。」巡查同樣自豪挺胸。「警部閣下的手錶大約慢了十五秒。」

「這樣啊……明白了。」短短十五秒令砂川警部難以自容。

「那你接獲通報之後怎麼做？」

「當然是立刻趕往現場努力維持原狀。」

「然後我們在數分鐘之後抵達？」

「是的，這段過程肯定沒錯。」

「話說回來，小夥子。」砂川警部詢問加藤巡查。「我想你應該大略知道那名死亡女性的身分，你看過死者的臉吧？而且應該熟識附近的居民。」

「是的，我姑且看過屍體，可惜臉部有點……但我看體型與髮型大略知道是誰，很像是住在這棟高野公寓四樓的女性。」

「喔，住在四樓的女性是誰？」

巡查挺直身體流利回答。

「就讀烏賊川市大的女大學生，記得名字叫做紺野……紺野由紀。」

「嗯，女大學生啊……」

砂川警部再度看向躺在一旁的屍體。

總算抵達的法醫與鑑識班正要勘驗屍體。

「好，小夥子，你可以回崗位了。」

「是，打擾了。」加藤巡查立正敬禮之後離開，但是走一兩步就如同改變主意，再度轉身走到志木面前。

「什麼事？」志木開口詢問。

「那個，恕我冒昧……」加藤巡查一副非常難以啟齒的樣子扭動身體。「請問您剛才那番話是什麼意思？」

「啊？」

「我沒聽過『海中組』這個新興幫派，是不是在下聽錯？難道是同音的海野組，或是野中組？但我對這種名稱也沒有頭緒……我很在意這一點。」

「……」

話說回來，這個叫做加藤的巡查，似乎相當執著於潛入搜查。或許他也是被電視的警匪連續劇觸發而進入警界，這麼一來，剛才的小玩笑對他這種人來說，或許是一種罪過。

「不，我說啊……」

志木面對加藤巡查要說明的時候，出乎意料的人物進入他的視界。

「……嗯？那是……」

是志木刑警高中同學的懷念身影，久違見到的同學，看來和以前幾乎沒有兩樣。昔日同窗位於黃色封鎖線另一邊，在圍觀群眾之中凝視這裡。

「那是……茂呂！是茂呂耕作吧？」

「咦？」身旁的加藤巡查抬頭回問。「什麼？」

「不，我不是對你說話。」

志木想以適度音量叫他，值勤時不能做得太過張揚，但稍微打個招呼應該無妨。此時，黃色封鎖線另一邊的茂呂耕作，瞬間和這邊的志木四目相對，然而……

「咦？」

不知為何，茂呂耕作的表情忽然在下一瞬間緊繃，難以確定是驚訝還是恐懼。兩人一度相對的視線立刻錯開，茂呂耕作的身影至此消失在圍觀群眾之中。

老友意外的反應讓志木難掩困惑，怎麼回事？他不可能忘記我才對。

「請問……怎麼了？」

身旁的加藤巡查擔心詢問。

「不，沒事。」志木重振心情回應。「圍觀群眾裡有我認識的人，不過或許是我看錯。」

「喂～」後方的呼喚聲來自砂川警部。「志木，你在做什麼，鑑識人員點頭了，開始進行現場蒐證吧～」

屍體是米色運動服加窄管長褲的輕便穿著，身材挺不錯的。不過欠缺決定性的要素判斷是否是美女，因為最重要的臉部受創嚴重，甚至慘不忍睹。

總之就任何人看來都是墜樓的屍體，志木擅自認為年輕女性墜樓死亡很可能是自殺，或許是被負心漢拋棄，或是早早對自己的未來悲觀，抑或是……

志木進行各式各樣的臆測，卻完全被法醫的說法推翻。經驗老到的法醫發表意見時，指出一個極為重大的事實。

「女性死亡時間推定在晚間九點四十五分前後，死者應該是從很高的位置摔落地面，臉部損傷與全身挫傷推測是墜樓造成。」

「當然可以認定這是死因吧？」

砂川警部大概做夢都沒想到死因不是墜樓。

「不，沒辦法一概而論。」法醫慎重回應。「除了墜樓造成的外傷，死者背後還有一個疑似刀傷的傷口，現階段無法判斷何者是致命傷。」

意外的事實，使得砂川警部不禁驚呼。

「醫生，請等一下，您說有刀傷！這代表什麼意思？」

「沒什麼意思，這是事實所以無可奈何，總之至少可以認定不是自殺，畢竟沒人能用刀刺自己的背。」

「那麼……這是他殺？」

「不清楚，這應該由你們來判斷。但姑且就我推測，遇害者應該是被某人從身後刺一刀再推下樓比較符合常理。」

「那麼，凶器呢？」

「我想應該是小型利刃，而且不是厚實的刀，很可能是薄又銳利的刀。」

「推定死亡時間是晚間九點四十五分前後，這一點沒錯吧？」

「那當然。」法醫特別加重語氣。「屍體發現得早，沒把誤差控制在幾分鐘之內就不叫專業。」

依照勞務課長高梨孝太郎的證詞，屍體是在晚間九點四十二分落地，誤差真的只有幾分鐘，志木不禁佩服法醫如此高明。

總之講到這裡就能確認，死者並非單純的死者，應該稱為「遇害者」。問題在於遇害者的身分，她身上沒有任何物品，也不可能以衣著判斷，臉部完全損毀，加藤巡查從體型與髮型推論出紺野由紀這個名字，但是真的正確嗎？

總之警方請公寓管理員前來確認，管理員年事已高，語氣卻很肯定。

「很像四〇三號房的紺野小姐，像是髮型……和這套衣服，我記得之前看過……我想應該沒錯。」

看來遇害者的身分，果然是就讀烏賊川市大的女大學生紺野由紀。

砂川警部與志木刑警立刻前往紺野由紀居住的四〇三號房，兩人搭乘電梯前往四樓房門，玄關門沒鎖，進門發現空氣是溫的，房內開著燈，卻沒有任何人的氣息，大聲呼喊也只有空虛的沉默回應。

砂川警部先進入室內，志木隨後跟上。

室內沒有弄亂的跡象，電視、收音機、桌椅、鋪著條紋床單的床都依然整潔，只有煤油暖爐持續為無人的室內加溫，有種毛骨悚然的感覺。沒有令人聯想到暴行的暴戾氣息，只覺得洋溢著寧靜又有些寂寥的空氣。

唯一的異狀，化為黃綠色地毯的水痕遺留在現場。

「喂！志木你看！」

「啊，這是……」

志木立刻蹲下觸碰水痕，指尖像是沾到顏料染成鮮紅，這是遺留沒多久的血跡。

6

另一方面，時間順序再度對調，晚間七點半在茂呂家庭劇院上映的電影，順利播放到八點、九點，如今即將進入最高潮。

話說回來，應該沒什麼人知道「殺戮之館」這部冷門的高成本電影，所以很想在這裡為各位說明電影的詳細內容。不過這部高成本電影的劇情值得寫成長篇小說，很難以簡潔文章敘述大綱，因此在此只述說流平的收看心得。

總之「殺戮之館」是一部很多人死掉的電影，劇情是一群男女老少偶然聚集在一棟西式宅邸並接連遇害的連續殺人案，這種事在現實不可能發生，卻經常出現在故事情節。

再笨也看得出來，這是以克莉絲蒂的著作《一個都不留》為範本。

這麼說來，一九七〇年代鉅資製作推理電影的熱潮，成為幕後支柱的作品群除了前述的「橫溝電影」與「清張電影」，還有一個不能遺忘的是「克莉絲蒂電影」。

像是「東方快車謀殺案」、「尼羅河謀殺案」或「破鏡謀殺案」，不知為何都以英格麗・褒曼、伊麗莎白・泰勒或洛琳・白考兒這些「風光一時」的巨星領銜主演，這種奇特的選角，使得這些作品得到「自掘墳墓之電影」這種別名。

抱持這個想法收看「殺戮之館」就會發現，這部作品也是莫名找來許多巨星卡司，跟隨熱潮的製作理念也在此處表露無遺。

殺人次數共七次，死者共七人，凶手好忙。

大概是因為只殺一兩人不足以在「凶手是誰？目的是什麼？」這種既定推理情節製造高潮吧，不過居然殺了七人。

原來如此，片長兩小時半也在所難免。流平收看時甚至略感無奈。

就像是依照這種作品的既定風格，劇情最後揭露凶手其實是第六名死者，電影就以這種出乎意料（不過看在老練的推理老手眼中實在平凡）的結局落幕。

偵探角色不是凶手，使得流平暗自鬆了口氣（這種鋪陳也挺多的）。

整體來說，不免令人感覺氣氛營造過度，就電影或推理角度都是如此。即使流平抱持這種印象，卻不是從頭到尾都看得很無聊，甚至相反，他覺得很好看。

殺人場面都營造很用心，這一點很不錯，有刺殺、絞殺、毒殺、墜樓，這種多采多姿的變化——如果以品味很差的方式譬喻——簡直是「豪華殺人套餐」。

一般在殺人情節之間描述的人性面全部省略，這一點也符合流平的喜好。

這樣當然感覺不到劇情深度，但節奏相對變得輕快，反而不會覺得枯燥，這部分做得很好。

實際上，流平以前就質疑，描述連續殺人案的推理作品，是否真的需要描述劇中角色的人性面。

推理作品總是伴隨著錯綜複雜的人際關係，不過經常因為冗長說明這部分，最後導致無法理解而陷入消化不良的狀態。

尤其是電影，犯下這個錯誤而失敗的作品不勝枚舉。

就流平所見，「殺戮之館」成功迴避這種失敗。

連續上演殺人場面，只追求此等樂趣的作品。這是流平對「殺戮之館」的印象。

不過，各人對同一部電影的印象大不相同，流平發現坐在身旁的茂呂收看時反覆明顯打呵欠，看來他的感性無法融入這部電影。

終於，電影順利播放結束。

流平在沙發上伸個大懶腰說：「哎呀，這部電影……」他還沒說完「挺好看的」這幾個字，茂呂就開口打斷。

「才十點，久違喝兩杯吧？」

「喔，好啊，喝吧喝吧！」

其實流平至今好幾次接受茂呂邀請前來看影片，而且從來沒有不喝酒就返家。這天晚上也是，流平從一開始就認定看電影與喝酒是配套行程。

「好，那我去買酒與下酒菜。」
「啊……我去就好，是在便利商店買吧？」
「不，這附近的便利商店沒賣酒，我要去一間認識的酒店買，你暫時在這裡看雜誌打發時間吧。」
「這樣啊，那我留下來。」
家庭劇院一角是擺放雜誌的書櫃，而且都是電影雜誌，包括《劇院旬報》、《電影藝術》、《戲劇》甚至《影像論壇》等等，電影青年們的課本一應俱全，數量多到光是翻閱就能用掉一整天。
「還有……」
「啊？」
「別碰機器類的東西啊。」
這是一如往常的警告，茂呂幾乎不准任何人碰這間家庭劇院的機材，基於這個原則，他每次離開都不忘如此警告。
「我明白，沒問題的。」
「那我出門了，立刻回來。」
聽到流平這番話的茂呂，放心離開他的家庭劇院。

然而，嘴裡說立刻回來的茂呂遲遲沒回來。

剛才他說要去附近的酒店，有這麼遠嗎？總不可能跑到外縣市……

流平開始稍微擔心的這時候，家庭劇院厚重的門忽然開啟，開門的是茂呂，他提著「花岡酒店」的藍字塑膠袋，袋口隱約看得見日本酒的細長瓶口。

「嗨，抱歉久等了。」茂呂看向錄放影機。「真是的，居然用掉十五分鐘，抱歉，剛才發生了一些事。」

錄放影機內附的數位時鐘，顯示時間是十點十五分。

茂呂低頭按下音響器材一角ＣＤ播放機的開關，喇叭響亮播放硬式搖滾樂。

流平對音樂不熟，但茂呂大多聽史密斯飛船或藤綾子的歌曲，所以判斷這是史密斯飛船，而且當然正確。

至今安靜無聲的室內一下子變成熱鬧，應該說喧鬧。現在夜深了，流平有點擔心鄰居是否會前來抱怨。

「這麼大聲播放硬式搖滾樂沒問題嗎？」

「不用擔心，這裡完全隔音，只用來看電影很浪費吧？這個房間可說是用來看電影、聽搖滾，以及舉辦深夜宴會的空間。」

「原來如此。」

聽他這麼說就覺得沒錯，流平每次在自己的簡陋公寓和朋友喝酒到這個時間，肯定會接到鄰居的抱怨，不過在這間劇院就無須擔心。

「沒買什麼好吃的，總之自己拿吧。」

茂呂說著接連從袋子取出酒與下酒菜：玻璃瓶清酒「清盛」兩瓶、水果氣泡酒兩罐、烤米果、洋芋片、臘腸片、起司鱈魚條、開心果，這場兩人酒宴簡直豐盛過頭。

「先用氣泡酒乾杯，喂，講幾句話開頭吧。」

「咦，我來講？那麼雖然老套，就祝彼此身體健康萬事如意……這樣可以嗎？」

「可以可以，好，祝身體健康萬事如意，乾杯！」

「乾杯～」

流平發出開朗的吆喝聲高舉氣泡酒罐，先不提萬事如意，流平深信自己身體這陣子依然健康無比。

「話說回來，茂呂學長。」流平詢問從剛才就在意的事。「你說發生了一些事，指的是什麼事？剛才回來的時候說過這句話吧？」

「啊，你問這個啊，嗯，剛才稍微目擊到案發現場。」

茂呂喝兩口氣泡酒之後，聊起這個話題。

「花岡酒店就在附近，這間店對街有一棟高野公寓。」

「這樣啊……咦，高……」流平不由得回問。

「高野公寓。」

「啊，沒錯沒錯。」

流平心臟忽然跳得好快，其實他對高野公寓比自家附近的麵包店還熟，語出驚人甩掉他的紺野由紀，就住在那棟高野公寓。

流平和她分手已經快一個月，她當然沒有可愛到和男人分手就搬家，所以依然住在那裡，流平在分手之後未曾進入她的公寓。

「那棟高野公寓怎麼了？」

流平隱藏內心的動搖，面不改色催促茂平說下去。

「嗯，我剛才去花岡酒店買東西的時候，不經意從店門口看去，發現高野公寓前面聚集一群人。」

「這樣啊。」

「而且附近還停了幾輛警車。」

「警車？在抓小偷？」

「不，好像是跳樓自殺。」

「咦！該不會……」流平驚呼到一半忍住了，他差點脫口詢問「該不會是紺野由紀吧」，不過問茂呂這種問題也沒用，因為茂呂和紺野由紀應該互不相識。

「怎麼了？」茂呂詫異看向流平。

「不，沒事……哈哈哈，自殺其實沒什麼好稀奇的，哈哈哈……」

室內響起尷尬的笑聲，流平心想，為不好笑的事情發笑是一件難事，各種臆測在他內心高速交錯，該不會是紺野由紀跳樓自殺……不，不可能，肯定是別人，即使流平認為這種想法很離譜，但確實有些在意。

茂呂不在乎流平的想法逕自說著。

「不，很稀奇喔。這附近居然有人自殺，而且是跳樓，酒店的花岡店長也嚇了一跳，我後來同樣壓抑不住好奇心。」

「學長跑去看熱鬧？」

「哎，總之，沒到看熱鬧的程度，你想想，看到人群聚集就會忍不住加入吧？就像是看到大排長龍就想跟著排。」

「哈哈，真是的，又不是拉麵店，哈哈哈……所以學長看到什麼？」

流平還是很在意，總之想知道死者是誰。

「不，後來什麼都沒看到，也沒有目擊屍體……總之就是這樣，才會花十五分鐘買東西，簡單來說，我只是想拿這件事當藉口。咦，怎麼了？看你臉色好差。」

「不，沒事……啊。」流平內心閃過的念頭脫口而出。「不然我也去看看那個自殺現場吧？」

「喂喂喂，你當真？」茂呂明顯蹙眉。「免了免了，不要一副看熱鬧的心態……不對，我也沒資格說別人，但我說真的，不值得專程過去看，只會看到別人的腦袋與管制圍觀群眾的警察。」

「不過，我想知道是誰死掉。」流平終於說出真心話。

「別想太多，反正不是無依無靠的老人家，就是被裁員的上班族，這種新聞最近很多。」

茂呂像是要結束這個話題，大口將氣泡酒一飲而盡。

「這樣啊……嗯，或許如此。」

確實很有這種可能，不，肯定是這樣，明天報紙角落將會印上「失業職員跳樓」一行小字，這種事很常見，真的不稀奇。流平以這種方式說服自己，並且不經意質疑自己到底為何受到打擊。

分手女友住在高野公寓，高野公寓發生自殺案件，如此而已，完全沒提到跳樓的就是她。反正只是某個不認識的人跳樓吧，肯定是這樣。

假設——純粹假設——是紺野由紀跳樓自殺，那又如何？我這個前男友不需要為此悲傷吧？

何況這種假設太荒唐了，紺野由紀哪是會自殺的人！

真要說的話，比起提分手的她，被甩的我更可能會自殺吧？我當然沒有軟弱到自殺，頂多只是喝悶酒之後在公車站鬧事，並且在計程車上造成司機困擾……哈，挺軟弱的。

流平心亂如麻，逐漸自暴自棄。

哎，不管了——這是流平最後的結論，光是思考就很愚蠢，因此他下定決心，不要為無意義的事壞了心情。

「喂，怎麼了？從剛才就完全沒喝，多喝點吧，開朗一點。」

流平聽到這番話，像是回想起來般再度喝酒。

兩人閒聊好一陣子，氣泡酒不知何時見底。

茂呂見狀立刻拿起清酒「清盛」的酒瓶。

「好，再來是日本酒……啊，糟糕。」

茂呂咂嘴摸著腦袋。

「怎麼了？」

「我還沒洗澡。」

這麼說來確實如此，流平接受茂呂建議，剛來就先去洗澡，但茂呂自己還沒洗。

「傷腦筋，我今天原本想洗頭髮……喝太醉洗澡不太好，會睡著。」

「睡在浴缸？」

「我曾經差點溺水，是真的。記得也是因為喝醉酒，我當時呼呼大睡，水面就在鼻子下面一點點。」

好驚人的體驗，但應該不會到淹死的程度。

「請去洗吧，不用在意我，我洗完有放掉浴缸的水，所以重放熱水立刻能洗。」

「這樣啊，唔～現在幾點？」

「十點半。」流平以錄放影機的數位時鐘確認。

「十點半啊，放熱水慢慢洗完就十一點多了，沒辦法，這樣會讓你等太久，我沖澡就好，抱歉感覺總是讓你等。」

「別這麼說，完全沒問題。」

「那你儘管拿這裡的東西吃喝吧，我盡量早點洗完，抱歉，不好意思。」

茂呂說著低頭致意，再度打開家庭劇院的門離開。

「請慢洗。」

流平只朝茂呂身後送出這句話，他的背影和平常絲毫沒有兩樣，十分鐘之後，再晚也是十五分鐘之後，就能繼續和茂呂一邊喝酒，一邊天南地北閒聊，流平認為這是最為確實的未來。

7

然而經過十分鐘、經過十五分鐘，茂呂還是沒回來。

另一方面，流平獨自留在家庭劇院不受拘束，專注閱讀著電影雜誌，某位知名電影評論家在《劇院旬報》批評日本電影的連載專欄非常好看，他不由得看到著迷，從最新一期往前看，二月上旬、一月下旬、一月上旬……持續閱讀到真的忘記時間，不，忘記的不只是時間。

流平猛然回過神來，發現眼前的「清盛」不知何時剩下半瓶，不只如此，下酒菜也吃得差不多。看來因為過於放鬆，就擅自吃喝起來了，即使茂呂說「儘管拿這裡的東西吃喝」，也可能被當成毫不客氣的傢伙。

流平瞬間心想「這下傷腦筋了」，不對，比起這件事……

他總算想到一件更奇怪的事。

茂呂究竟想洗多久？現在差不多該現身才對，何況他留下我這個訪客在這裡等，還能悠閒洗這麼久的澡，這種做法也很奇怪，流平一直認為茂呂這部分細心又貼心。

流平至此總算確認時間，發現居然是十一點，也就是說茂呂已經淋浴三十分鐘，淋浴也能這麼久？

流平心想，或許是發生某些狀況。

嗯，很有可能，說不定他在浴室貧血跌倒，或者果然改變心意在浴缸放水泡澡，遭受睡魔襲擊而睡在浴缸裡……不，只是睡在浴缸還好，要是睡在水裡就危險至極。

這麼說來，茂呂即使只喝一罐氣泡酒，依然是以喝過酒的狀態洗澡，不妙，肯定發生了某些狀況。

流平終究擔心起身，此時他雙腳忽然站不穩，看來流平自己果然也喝得醉醺醺。流平愛喝酒，但是酒量不算好，他使勁踩穩蹣跚的雙腳，打開家庭劇院厚重的門來到走廊。

劇院裡聽不到的水聲忽然傳入流平耳中，明顯聽得出是蓮蓬頭水流沖刷浴室瓷磚的聲音，也就是說茂呂果然沒發生狀況，純粹只是還在淋浴。

隨著蓮蓬頭的水聲，外頭也傳來機車催油門的響亮聲音，這麼晚還在修理機車？流平當下想說怎麼有人在妨礙安寧，但現在沒空在意這種事。

「茂呂學長。」

流平從走廊朝更衣間探頭呼喚。更衣間放著洗衣機，剩餘的半坪空間是木質地板，旁邊有個小小的洗臉檯。流平如今走進更衣間。

雙層玻璃拉門的另一邊就是浴室，流平朝浴室呼喚。

「茂呂學長。」

然而第二次呼喚也沒回應，依然只有響起單調的水聲，或許是水聲影響聽不到，流平這次拉開嗓門。

「茂呂學長～聽得到嗎～！」

但是隨即響起夾帶爆音的機車排氣聲，啊啊，有夠吵。

總之就是沒回應，絕對有問題，可能是在浴缸睡著或是貧血，總之是緊急狀況。

流平將手伸向隔離更衣間與浴室的玻璃門，輕輕一拉發現沒有從內側上鎖，門像是滑動般平順開啟。

浴室裡充斥著裊裊蒸氣，視界極差，但依然不用太久就能察覺異常，這是一幅出乎預料的光景。

茂呂一副很擁擠的模樣半扭身體，微微向下伏在浴室的瓷磚地面，掛在牆上的蓮蓬頭毫不間斷流出熱水，淋在倒地不起的茂呂身上與周圍瓷磚導致水花四濺。

最出乎預料的是茂呂並非光著身體，而是穿著衣服，灰色保暖外衣吸滿水變成近乎黑色。

剛才說聲「不好意思」離開劇院的茂呂，維持著當時的衣著倒下，也就是說茂呂淋浴之後貧血？不，到頭來這真的是貧血？

形容為貧血也很奇怪，蓮蓬頭熱水從剛才就嘩啦啦灑在茂呂臉部，他卻毫無反應——流平瞬間滿腦子混亂，到底發生什麼事！

「茂呂學長！還……還好嗎！」

流平慌張關掉水龍頭抱起茂呂，隨即受到一股背脊凍結的打擊。

某些地方明顯不對勁，茂呂全身無力，而且面無表情，身體依然有溫度，但這真的是體溫嗎？或許只是不斷淋熱水而加溫吧？

流平按住茂呂裸露的喉嚨試圖診斷，卻按不到脈搏，奇怪，居然有這種荒唐事？

流平萬分焦慮，但事實擺在眼前。

流平驚慌失措環視四周，位於地板角落的排水口映入眼中，直到剛才沖洗茂呂身體的熱水，成為一道水流全部流向那裡。

「死……死了……為什麼！」

流平大吃一驚，水流看起來混入某種紅色液體，是什麼？那是……血？那是血？

流平調查起茂呂依然穿著衣服的身體，將微微趴著的他翻過來仰躺，從頭部依序審視脖子、胸口與腹部，腹部到右側腹的外衣顏色顯然不同，原本的灰色如今看起來是深紅色，應該說是紅黑色。

流平提心吊膽湊過去，試著觸摸茂呂腰部右側，指尖輕易染成朱紅色。

流平感到一陣暈眩，使盡力氣稍微將茂呂身體挪向旁邊，把臉湊到右側腹一看，該處外衣明顯有條裂痕。

而且在觀察時，響起某種堅硬物體接觸瓷磚的討厭聲音。

流平彎著脖子觀察外衣裂痕的下方，才發現一把刀子落在瓷磚地面，剛才大概是被茂呂身體壓住所以沒看見。

刀刃長約十二、三公分，薄而鋒利的刀子。

現狀清楚到過於清楚的程度。

茂呂就是被這把刀子從外衣上方刺穿右側腹而死，當然是被殺的！這是命案！除此之外還有哪種可能？

受不了，這時候的流平一點都不冷靜，和理性思考或謹慎行動完全無緣，只有血液不斷直衝腦袋。

流平離開茂呂的屍體，恍惚離開浴室，後來，後來，後來……

不，流平自己也不太清楚後來的事，他似乎在更衣間跌倒一次，但他甚至不知道這是貧血昏倒還是絆到東西跌倒。

如果是電影，大概像是畫面忽然晃動失焦並且直接轉黑，這是早期作品常見的手法，這麼說來，最近都沒看到這種手法。

總之，失魂落魄的流平好一陣子沒逃走也沒報警，白白浪費時間。

第三章　案發第二天

1

天啊，真的是做了一個討厭的夢，至今只有愉快閱讀上野正彥的著作《生存著的屍體》那天晚上曾經夢見屍體，這是第二次，話說回來，為什麼會做那種夢？

對了，昨晚看了一部「殺戮什麼」的連續殺人電影，肯定是這個原因……不過這次做的夢比上次真實許多，碰到屍體的觸感也逼真到實在不像夢境，與其說做夢，感覺如同實際目睹到鮮明的影像。

浴室的屍體、流入排水口的血、地上的刀子，這場夢很有希區考克的風格。不過談到「驚魂記」的那一幕，與其說是浴室應該更像是淋浴間，而且遇害的是美女，記得名字是珍妮·李，我見到的屍體至少不是美女。

這麼說來，那究竟是誰的屍體？印象中是認識的人，那是……對，是茂呂學長，肯定沒錯，不過為什麼是茂呂學長？他遇害會造成我的困擾……咦？

「啊……！」

不是夢，毫無脈絡可循的思緒，到最後得迎接殘酷的現實。

流平察覺自己躺在一塊藥味很重的板子上，睜開眼睛一看，不得了，眼前是平常絕對不會看見的光景——洗衣機的腳。

自己以何種狀態躺在哪裡？流平沒花太多時間就得出答案，他躺在茂呂家更衣間的木質地板，仰躺在洗衣機旁邊。

流平抬頭坐起身體，全身緊繃得像是會啪嘰作響，脖子尤其疼痛，或許是落枕。

「好痛……」

流平不禁皺眉按住脖子。

周圍很陰暗，還是晚上？不，天亮了，隱約感覺得到朦朧光線，但是不太對勁。

流平至此察覺電燈沒亮。昨晚他發現屍體而昏倒，因此完全沒關燈，更衣間的燈卻關著。不只是更衣間，浴室與走廊也一片漆黑，難道有人入內關燈？

流平試著按下牆上開關，毫無反應。

「是停電……」

流平回想起來，昨晚國營頻道的天氣預測提到會下雷雨，肯定是自己昏迷的時候打雷停電。

總之流平想知道時間，看向左手卻只看見運動服袖口，沒有手錶。這麼說來，昨晚洗澡取下手錶之後，就一直放在牛仔褲口袋。

流平搖搖晃晃好不容易起身，取出洗衣機上方籃子裡的自用牛仔褲摸索口袋，拿出來的廉價手錶顯示上午九點半；所以按照計算，他仰躺昏迷大約十個小時。浪費這麼多時間著實令人驚訝，但事到如今也無法挽回，只能死心。

腦袋陣陣刺痛，不知道是因為昨晚喝酒，還是昏倒時撞到地面，無論原因為何，全身都在痛是不爭的事實。可以的話好想再睡一下，這次一定要在柔軟的被窩裡舒服伸展身體……但現在的流平無法實現這種願望。

昨晚所見惡夢般的光景如果不是惡夢，他就不能呆呆站在這裡，不過等一下——流平慎重起來——那幅光景真的是現實？流平內心湧現依然無法置信的心態，茂呂真的死了？

「上帝佛祖天神龍神……請保佑那是一場夢。」

向天神龍神許願也沒用，但要是沉默不語，心情似乎會更加退縮。流平以毫無意義的話語振作，緩緩看向半開拉門的另一頭，希望裡頭沒發生任何事也沒有任何人，只是一間和平的浴室，這是他唯一的願望。

不知道是幸或不幸，浴室的光景和昨晚一樣。

除了昨晚充斥在整間浴室的蒸氣消失，以及屍體死亡時間增加數個小時，其他所有狀況都一樣。茂呂昨晚被某人殺害，後來一直棄置在這裡，真可憐——不對，到頭來最大的問題是流平昏迷整晚，不能繼續浪費時間下去。

「總……總之要報警。」

流平從浴室來到走廊前往起居室，電話位於起居室，流平伸出右手要拿起話筒時，不經意在意某件事而收手。他在意的是指紋，要是話筒殘留著凶手指紋將會如何？若流平沒有多想就拿起話筒，可能會嚴重妨礙到今後的搜查。

何況流平出生至今沒打過一一〇報警，一般人應該都和他一樣。但是流平原本就不喜歡打電話，老實說他有點畏縮不敢打一一〇。

他心想，不如直接去附近的派出所報案。白波莊距離派出所只有一分鐘路程，相較於打電話絮絮叨叨說個沒完，直接報警肯定比較快。而且老實說，流平不想繼續待在這個房間，這是他毫無虛假的真心話。

流平匆忙換衣服並戴上手錶，將脫下的成套運動服扔進衣籃，然後走向玄關。失去主人的黑色大衣，依然和昨天一樣掛在玄關牆上。

鐵門與鐵鎖。流平在只有堅固是可取之處的玄關門前焦急穿鞋，然後取出手帕包覆整個把手握住，這是考量到避免破壞可能留下的指紋，或許這種做法只是為自己求得慰藉，但流平態度很認真。

流平轉動門把用力推鐵門，門發出軋軋聲開啟，然而在下一瞬間，流平目睹無法置信的光景而愕然。

一條鎖鏈在流平眼前數十公分處拉得筆直，是門鏈鎖。門當然沒辦法繼續開啟，玄關門從內側完全上鎖，是誰鎖的？無人知曉。

不知道該如何形容流平的困惑。

就像是明明能穿越平交道柵欄卻過不去，或是明明能通過自動剪票機卻被擋下來……不對，沒這麼簡單，這扇玄關門為什麼從內側上鎖！想問也沒人能問，使得流平更加困惑。

他腦中浮現「密室」兩個字，現在要斷定還太早，並不是只能從玄關才能前往戶外，首先得檢查這一點。

總之，流平保留當初想去報警的預定計畫，再度關上只開一半的玄關門。

流平回到起居室環視室內，起居室的出入口只有一扇通往陽臺的落地窗，這個房間在一樓，只要從這扇窗戶走到外面陽臺，之後就沒有任何問題。那麼刺殺茂呂的凶手，為何不是從玄關逃離，而是選擇不自然的手段從陽臺逃離？流平將這個基本問題置於一旁，立刻著手調查落地窗。

調查時間不用五秒。

窗鎖是極為平凡的月牙鎖，一眼就看得出來窗戶完全緊閉無懈可擊，窗戶與窗框之間也沒有不自然的縫隙。這麼一來，即使凶手打開這扇窗逃離，也絕對不可能從戶外關上月牙鎖。依照狀況推測，凶手實在不可能從這扇落地窗逃離，所以是從其他的窗戶。

流平再度回到浴室，這裡確實也有窗戶，但這扇窗戶是以採光與換氣為主的下推窗，推到底也只有十公分寬，不用調查就知道不可能讓一個人進出，流平靜靜關上這扇半開的窗戶，以免外人看到浴室的光景。

流平移動到家庭劇院，但這裡沒有窗戶，原本應該和起居室一樣有扇落地窗，但現在藏在投影幕的另一邊。而且不只是以投影幕覆蓋，茂呂為求完全隔音，在四面牆壁鋪上隔音效果良好的隔熱板，將窗戶完全封死。雖然會造成防災問題，但在防盜方面堪稱頂級，換句話說絕對不可能從這裡外出。

即使覺得白費工夫，流平還是到廚房看看，這裡姑且有個小窗，但一樣以月牙鎖鎖著，何況這扇窗外側加裝鋁格柵，即使沒上鎖也不可能進出。

那麼廁所……流平抱著這個念頭打開廁所門，卻只能立刻再度關上，這裡和劇院一樣沒有窗戶。

玄關、起居室、家庭劇院、浴室、廚房、廁所——這樣不就沒地方調查了？不，等一下……！

流平不經意想到某種可能性，忽然緊張起來，既然這個兩房加上分離衛浴的空間完全從內部上鎖——而且茂呂也確實在浴室遇刺身亡——不就代表凶手還躲在這個封閉空間？

理論上是如此。

就算理論上正確，在現實層面也是不可能的事，流平立刻打消這種念頭。茂呂在昨晚遇害，如今則是將近上午十點，依照常理，命案凶手真的可能在案發半天依然待在現場嗎？除非凶手非～常耐得住性子，否則不可能。

事實上，流平至今也繼續在這個住家調查所有窗戶、走遍所有房間，但到處都沒有人影。這個空間堪稱幾乎沒有縫隙適合藏人，頂多只有沙發後面、衣櫃裡面，或是……不，僅止於此，只有這兩個地方能躲，不得不說這個住家不適合玩捉迷藏。

即使如此，以防萬一流平還是確認過這兩個地方——結果還是一樣，別說殺人凶手，連隻蟑螂都沒看到。

這下子傷腦筋了，現在必須思考。流平莫名有種下定決心的感覺，一屁股坐在起居室沙發讓思緒運轉。

看來這是「密室」，如今如此宣言應該不為過——可惜到處都找不到人願意聽他的宣言，這部分很難受，流平只能獨自煩惱、獨自思考，反覆自問自答。

問題在於是否應該報警。

照常理當然應該報警，流平也知道這是善良市民的義務，即使自己是否能掛名善良市民還有討論空間，這終究是一項義務。

但是——

如果要飾演善良市民，時間也經過太久了，流平對此頗為擔心。畢竟案發已經半天，即使如今分秒必爭找警察過來，他們會怎麼想？

警方肯定會懷疑流平，而且這是密室殺人，現場只有流平與茂呂。既然一人是遇害者，另一人難免自動被當成凶手，只能說這種狀況對流平極為不利。即使如此，還是應該忠實履行善良市民的義務嗎？

流平難以移除這份迷惘。

既然這樣，乾脆解開玄關門鏈鎖離開這裡？密室將在這一瞬間消失，這樣警方也無法自動認定流平是凶手，流平原本就沒有殺害茂呂的動機，或許出乎意料不會被列為嫌疑犯。

要是警方自行發現茂呂的屍體，將會調查人際關係列出嫌疑犯，可能以強硬手段逼供或以軟性訴求進攻，無論如何都會找出凶手，這樣流平就和這個案件毫無瓜葛。

這是流平的理想，但事情是否會進展得如此順利？

應該不可能，流平變得悲觀。

流平早已在這個房間留下藏也藏不完的痕跡，指紋當然不用說，浴室也肯定殘留他的頭髮。科學蒐證是警方的拿手絕活，只要認真調查遲早會找上流平，如果到時候才說「不好意思，我不願意被捲入麻煩事才會逃走」，警方應該也不會接受，在最後列為嫌疑犯。

那麼，該怎麼做？

終於窮途末路的流平，決定先找朋友商量，或許是他腦中浮現「樂趣和他人分享會加倍，煩惱找他人傾訴會減半」這段格言吧（記得是「廣播人生諮商」的名言）。

2

流平從背包取出手冊審視，從為數不多的朋友挑選牧田裕二的電話號碼，這麼做是因為兩人交情最好，而且流平對他冷靜處理事情的個性有所期待。

流平笨拙按著電話號碼，鈴聲響了好一陣子。只有在這種重要時候遲遲不接聽，流平自暴自棄要讓鈴聲響到接聽為止，不過對方在這時候接聽了。

「喂，哪位？」

具備特有張力的聲音，一聽就知道是牧田裕二本人，總之流平鬆了口氣，感覺受到朋友聲音的激勵。

「牧田嗎？我是戶村。」

「喔，流平啊，聽聲音挺慌張的，怎麼回事？」

流平自認維持正常的語氣，但似乎還是沒能掩飾走投無路的心情。

「嗯，其實，那個，該怎麼說……」流平欲言又止，不知道該如何形容自己所處的立場。「其實，我好像捲入天大的事情了。」

「啊啊，應該吧。」

牧田裕二不經意的這句話，使得流平不禁差點發出「啊！」的聲音，話筒幾乎要脫手掉到地上。流平重新握好話筒，再度假裝平靜。

「你說應該吧……是什麼意思？你知道狀況？」

「嗯，我剛才聽說了。」牧田的聲音沒有起伏。「你真的也麻煩囉。」

「這……這樣啊……」流平就這麼不明就裡回應。「你聽誰說的？」

「嗯，兩個刑警剛才來找我。」

「刑……刑警！」

「咦，還沒找你？」

流平讓腦袋全力運轉，思索牧田這番話的意思。「麻煩了」、「兩個刑警」、「還沒找你」，他大致明白自己身邊似乎發生麻煩事，不過和當前茂呂在浴室變得冰冷的這件事肯定是兩回事。即使再怎麼樣，茂呂耕作命案不可能已經成為公開搜查的案子，因為屍體還在這裡──還在這個房間隔壁的浴室瓷磚地上，而且只有流平知道。

既然這樣，那兩個刑警在調查什麼事？為什麼會出現在牧田裕二面前？

腦中混亂的流平，決定暫時只回答對方的問題。

「警察還沒來找我。他們不久之後就會來？」

「那當然，因為是你女友啊。」

流平心臟用力跳了一下。「我女友……」

「啊，抱歉抱歉。」牧田以輕佻語氣道歉。「應該說前女友。」

是紺野由紀！流平至此明白，牧田口中的「麻煩事」不是和茂呂有關，而是和紺野由紀有關。即使流平再怎麼遲鈍，得知這一點也能推測出大概。

昨晚茂呂提到出門購物時遭遇高野公寓的墜樓案件，紺野由紀就住在高野公寓。而且到了今天，警方造訪她身旁的人打聽情報，由此得出的結論只有一個。

昨晚在高野公寓墜樓的死者，就是紺野由紀。

既然這樣，難怪刑警會找她的朋友熟人打聽情報，不只是找牧田裕二，理所當然也會找前男友流平問話。

「不過，你還真是多災多難，刑警們似乎在懷疑你，話說她是在分手不久後就墜樓身亡，我是能理解你這個前男友遭到警方懷疑的理由。」

「等……等一下，我怎麼會被懷疑……紺野由紀是他殺？不是自殺？」

「咦，你沒看報紙？」

「呃，嗯……」

「她是被殺的，聽說是背後遇刺，再從住處陽臺被推落。這傢伙下手真殘忍，搞不懂有什麼深仇大恨。」

「……」

「不過，即使你被甩掉情緒很差，也不可能是你吧？對吧？」

「……」

「原、原來是你下的手！」

「……怎……怎麼可能。」

事情嚴重了，流平受到過度打擊，滿腦子一片空白。他是因為茂呂遇害而向牧田裕二求助，卻進一步被懷疑和紺野由紀的死有關，別說「煩惱找他人傾訴會減半」，如今煩惱根本加倍。

流平心情黯然，甚至沒力氣回應。

「喂，流平，怎麼了，不要緊嗎？打起精神吧。」

「啊啊……也對，謝謝你……先這樣了。」

「喂。」

「啊？」

「你不是有事才打電話找我嗎？」

「啊啊……不，沒什麼事，只是想找人說說紺野的死，就這樣啦。」

流平連忙扯謊，不等對方回應就放下話筒。到最後對於茂呂的事情隻字未提，真是的，搞不懂自己為什麼打這通電話，流平逕自咂嘴。

即使得知紺野由紀墜樓身亡的消息，這邊的狀況也毫無改變，反而惡化。自己現階段已經被質疑涉嫌紺野由紀的命案，要是現在位於浴室的茂呂屍體見光，也無法避免遭到懷疑，這是雙重負擔。即使流平個性再溫吞，也無法在這種狀況對自己的未來樂觀，這樣下去應該會被逮捕，而且他無從證明自身清白。

不由得感受到前所未有的恐怖。

流平接下來急遽採取的行動，使得接下來的劇情變得極為複雜——流平事後也後悔自己如此輕率，但這時候的他沒能注意這種事。

流平匆忙擦掉話筒的指紋，此外包括沙發、桌子、門把、落地窗、燈光開關等，昨晚到今早可能碰過的物品，全部以手帕仔細擦拭，這當然不是能夠百分百完全擦掉的東西，而且也沒必要這麼做。流平來這個住家玩過好幾次，留下一些指紋也不成問題，但流平認為留太多不是好事，因為從指紋數量，就能輕易推測他是最後一個造訪這間住家的人。

接著他前往家庭劇院，同樣仔細擦掉指紋，並且把錄放影機上的「殺戮之館」影帶收進自己背包。

完成這些程序之後，把桌上喝剩的日本酒、氣泡酒空罐、吃剩的下酒菜等物品，裝進花岡酒店的塑膠袋，沒開的日本酒與下酒菜直接丟掉似乎很浪費，但流平還是不希望東西留在這裡，所以同樣放進塑膠袋，將袋口綁緊之後提在右手。

無須說明，流平終於下定決心逃離這間發生命案的住所。不，形容成「下定決心逃離」過於堅決又偉大，反倒形容成「溜走」比較貼切。

在這種狀況逃離現場當然不值得嘉許，只會害自己的立場更加不利，這是極為不明智的一步棋。

然而，人要是極度陷入絕境，再怎麼不明智的棋步也打得出來。

流平也隱約察覺到這件事，精神力卻依然不足以戰勝懦弱心態。

流平拿著自己的背包與打算扔掉的塑膠袋衝到屋外。

手錶顯示時間是上午十點半。

3

流平正在全力逃跑，但是看在不明事由的路人眼裡，只像是偷偷摸摸快步前進。這也是當然的，要是明明沒人追，卻在大白天獨自全力奔跑，反而很顯眼。假裝平靜避免他人起疑，卻想盡快離開現場。流平抱持這種矛盾的情緒行走，但偶爾會用跑的。

流平走出公寓穿越旁邊的幸町公園時，將手上塑膠袋扔進路邊垃圾桶。垃圾桶裡有好幾個類似的塑膠袋，流平扔掉的證物立刻混淆進去難以分辨，真巧。

流平不經意一看，垃圾桶裡的塑膠袋與寶特瓶之中，有一份摺得工整的全新報紙，撿起來確認日期，正如推測是今天的早報。

牧田裕二說，報紙刊登了昨晚高野公寓的案件，而且不是敘述為單純墜樓意外，是命案。

流平感受著心跳聲，忐忑不安打開社會新聞版，迅速瀏覽版面各處，卻沒找到女大學生墜樓的報導。

不過，等一下，或許在當地新聞版。流平如此心想並打開該版……找到了！

【女大學生離奇墜樓喪生】

二十八日晚間九點四十五分左右，居住於幸町高野公寓四樓的女大學生紺野由紀（二十歲）從公寓墜樓。湊巧經過的上班族目擊並通報派出所，警方立刻抵達現場，但紺野已經死亡。

依照警方調查，紺野除了墜樓造成的外傷，背後有疑似利刃刺殺的傷口，警方朝他殺方向繼續搜查。

「果然是他殺。」

流平重新感到意外，依照茂呂昨天的說法，只像是單純的墜樓意外或跳樓自殺，但事實並非如此。

「晚間九點四十五分……」

流平花了一段時間回憶當時在做什麼，對了，昨晚的九點四十五分，還在和茂呂一起收看「殺戮之館」，明明這麼簡單卻好久才想到。

也就是說，電影即將進入高潮時，紺野由紀在不遠處的高野公寓遭某人殺害。

流平感到不可思議，就像是距離她遇害的地點很遠，甚至不像是同一晚在相同城市發生的事；但實際上高野公寓和白波莊只隔一座幸町公園，路程才一分鐘。

流平現在看到報紙報導，也覺得欠缺真實感不值得信任，或許是因為比起紺野由紀的死，他更加親身經歷茂呂耕作的死。

要說不可思議，流平所處的立場更該形容為不可思議。昨晚流平在前女友紺野由紀死後不到一小時半，就在白波莊目擊茂呂耕作的命案現場。

世界上居然有如此多災多難的夜晚。

而且有件事很麻煩，流平沒有紺野由紀命案的完美不在場證明，能夠證明的茂呂耕作已經不在人世，他無法宣稱自己清白。

世界上居然有如此不幸的人。

而且最大的不幸，在於警方正在尋找流平，但他無從否認這個現實。如果流平是警察，同樣也會率先懷疑戶村流平，他確信自己的立場就是如此不利。

因此流平做出結論。

總之要逃走，被警察抓到不會有好事，實際上他完全想不到如何證明自己清白。

現在的流平只想得到「逃走」這步棋。

流平儘可能選人多的道路行進，擦身而過的行人，個個看起來都像是警方人員。

實際上，高野公寓就在附近，所以周遭遇見警察的危險度很高，或許會忽然被制服員警逮捕。流平抱持這份不安情緒行走，心跳快得像是跑步的節奏。

流平忍不住衝進電話亭，要逃亡就需要他人協助，流平決定向某人求助。

這個「某人」是男性，年齡三十四歲，是流平姊姊的前夫。換句話說是流平的前姊夫，講白就是毫無關係，職業則是私家偵探。

或許有讀者認為流平在這種緊要關頭卻想找偵探求助很奇怪，覺得這傢伙想法有問題。

「偵探？真荒唐，這是只存在於偵探小說或黑色電影世界的虛擬英雄。」

這確實是較為普遍的想法，而且實際上，住在中等規模都會區的人，走在街上也很少看到「偵探事務所」的招牌。即使便利商店、藥局、年輕人聚集的速食店或大排長龍的拉麵店隨處可見，也幾乎不曾看到「偵探」事務所。

日本沒有「偵探」，也沒有「偵探事務所」，除非到美國才可能親眼目睹，有人貿然如此斷定也不奇怪。

既然這樣，請各位試著翻開電話簿。不，不是藍色內頁，是黃色內頁的那種，別名似乎是商業電話簿。

從「Ta」行依序是「體育館」、「大學」、再來是「防火材料」、「木工」……不對，從後面找應該快得多，「紙箱」、「暖氣」、「隔熱工程」，再來……看，有「偵探」了，此外當然也可以從「Ka」行找「徵信社」，兩者實際上相同，肯定是指向相同頁數，那麼接下來立刻瀏覽「徵信．偵探」的頁面。

順帶一提，流平這時候拿的是烏賊川區域電話簿，厚達八百多頁的簿子裡，「徵信．偵探」居然占了十幾頁，這無疑證實即使是距離大都會區有點遠的中小型都市，也有超過一百間的「偵探事務所」暨「徵信社」。

實際的偵探人數當然比電話號碼數量多，真是不得了，而且這只是烏賊川市與周邊區域的人數，東京或大阪肯定更不是小數字。

不提實際狀況，光從人數來看，就知道偵探在都市裡的分量絕對不小，顧客應該也挺多的。

接下來唐突換個話題，或許有人認為偵探與葬儀社都不打廣告，其實流平以前也這麼認為。

但現實並非如此，偵探業界和其他業界一樣，算是很注重宣傳。

大型偵探社會自豪公開自家大樓照片宣傳機動力與組織力，還聘請知名演員擔任代言人，打造安心與信賴的形象，效果則是立竿見影，輕易就能想像公司電話接不完的樣子。

不過流平正要依靠的這名偵探，不是這種大型偵探社的一員。「他」正如字面所述，是獨自經營個人偵探事務所，所以無法期待和大公司一樣進行廣告戰略，挺悲哀的。流平去過「他」的事務所好幾次，地點位於綜合大樓三樓，外觀形象極差，機動力也不足以自豪，組織力更是零，毫無吸引顧客的要素。

所以「他」認為既然這樣，至少要設計一句亮眼的標語。

類似「偵探夜不眠」之類的——這大概是源自美國的點子。

到最後，「他」刊登在電話簿的偵探事務所廣告，只低調使用名片大的版面，內容如下：

鵜飼杜夫偵探事務所
WELCOME TROUBLE!
TEL ××—××××—××××

「歡迎麻煩事」是已故電影評論家淀川長治掛在嘴邊的話語，當成偵探事務所的標語也很不錯。

其實想出這個標語的不是別人，正是流平，鵜飼杜夫偵探和流平的交情就像這樣深厚。此外剛才就提到，他是流平的「前姊夫」，總之流平目前能依賴的人，真的只有這名人物。

找到號碼的流平把電話簿放在旁邊，立刻撥打電話。

聆聽話筒傳來的鈴聲時，又是期待又是不安而難以鎮靜。

標語確實宣稱「歡迎麻煩事」，但鵜飼杜夫偵探真的會歡迎流平面臨的大麻煩嗎——流平在內心打一個小小的問號。

對方於鈴響數聲之後接聽。

「您好，鵜飼杜夫偵探事務所。」

帶點鼻音的這個熟悉聲音，肯定是偵探本人，流平首先鬆了口氣。

「是我，我是流平，好久沒聯絡了。」

「啊啊啊啊……啊啊。」

奇妙的聲音傳入流平耳中，聽起來像是一接電話就下巴脫臼。

「那個，是我，戶村流平，記得嗎？」

「啊啊，是是是，哎呀～上次受您照顧了。」

「呃……」流平不禁愣住。「上次是……哪次？」

「非常抱歉！」

對方忽然強硬道歉，摸不著頭緒的流平不禁欲言又止，鵜飼則是單方面開口。

「其實我剛好有訪客，是的，我想這件事得稍做說明。是，不好意思，我看看，大約十五分鐘之後我再回電給您……咦！您再打過來？這樣啊，那我等您的電話。」

「請……請問～」

「那我等您十五分鐘之後打電話過來……是，好的，恕我掛電話了。」

然後電話單方面被掛斷。

到底是怎麼回事？流平不明就裡放回話筒，思考片刻才終於「啊啊，原來如此」想到原因，他判斷鵜飼想表達的重點在於「有訪客」。

那麼訪客是誰？應該是警察。之前打電話給牧田裕二時，他也提到「刑警剛才來訪」的話題，所以剛才打電話的時候，警方應該在鵜飼杜夫偵探事務所偵訊，刑警們的目標當然是流平。看來警方正在認真搜索流平，但鵜飼偵探當然不知道紺野由紀的死是否和流平有何關係。

所以鵜飼偵探肯定是靈機一動，假裝這通電話是外人打來，避免刑警們起疑。話說回來，鵜飼偵探似乎再三強調「十五分鐘之後等您的電話」，這當然應該解釋成刑警們十五分鐘之後就會離開，要流平再打電話過去。

流平待在電話亭等了十五分鐘，他害怕心想，或許一走出電話亭就會遭到盤問，所以他毫無意義翻閱電話簿打發時間，幸好沒人在電話亭前面排隊。剛好十五分鐘之後，流平再度撥打鵜飼杜夫偵探事務所的電話號碼，並且在等待時做好準備，如果不是鵜飼本人接就立刻掛電話，鈴響三聲之後，對方接聽了。

「您好，鵜飼杜夫偵探事務所。」

「是我，戶村。」

「喔喔，很好很好。」電話另一頭的鵜飼滿意地說：「你挺敏銳的，老實說我很擔心你會不會回電，剛才我那番話聽在你耳裡應該莫名其妙吧。」

「算是吧，我稍微嚇了一跳。話說剛才是什麼狀況？你提到有訪客，果然是警察嗎？」

電話另一頭響起「咻～」的口哨聲，偵探心情似乎很好。

「這也完全正確，你居然知道。他們在你打電話前沒多久過來，共有兩人，對方說在調查昨晚女大學生紺野由紀的墜樓案件，要打聽你的住址。不過我當然不知道你住哪裡，也不打算告訴他們。」

「然後我剛好在那時候打電話過去？」

「就是這麼回事，我差點脫口說出你的名字，嚇出一身冷汗。話說警方似乎懷疑你和紺野由紀的墜樓案件有關，雖然我覺得不可能……實際上怎麼樣？你涉嫌嗎？」

「不，沒那回事，我什麼都沒做，就只是她的前男友。」

「這樣啊，不過警方又透露了一些線索。」

「一些線索……什麼線索？」

「聽說你曾經喝醉酒，在車站前面大喊『我要宰了那個女人～！』之類的，這件事屬實吧？」

「連……連這件事都傳到警方耳裡……」

到底是誰講的？這個多嘴的傢伙！

「畢竟是在公共場合大喊，目擊者是以百人為單位，你胡鬧最好看一下場合。」

「……」

流平忽然感到極度無力，好不容易才握住話筒。

「總……總之，我和她的墜樓意外無關，那應該是自殺……不對，報紙寫這是命案，所以或許是他殺，總之凶手不是我。」

「我想也是，那麼事情就簡單了，既然你沒做任何虧心事，就沒必要躲藏逃竄，直接去警局不就好了？這樣確實難免有些麻煩，但總比持續被冤枉來得好，怎麼樣？不然我也可以陪你一起去。」

「不，我不能這麼做。」

「是在意什麼事嗎？」

「其實發生天大的事情了……該怎麼說，我被一件麻煩事波及，用電話沒辦法說清楚。」

「這樣啊，看來你也背負不少煩惱，那要過來嗎？還是我去找你？」

其實流平最希望對方來接他，卻覺得這樣太依賴別人，所以流平不禁逞強起來。

「我過去。」

「那我等你。」鵜飼輕鬆說完之後，語氣變得嚴肅。「大樓入口可能有人監視，你從後巷走安全梯上來，那邊應該沒問題。」

「咦，咦，那個……」

「就這樣了，晚點見。」

通話結束，看來流平必須以「應該沒問題」的方式造訪鵜飼杜夫偵探事務所，流平深刻反省自己果然不該無謂逞強。

4

鵜飼杜夫偵探事務所的綜合大樓位於車站後站，沿著狹窄道路往東北方走，穿越一條更窄的小巷就能抵達，而且周圍林立著相同的綜合大樓。大樓外牆是酒吧或俱樂部的亮麗霓虹燈，以搶眼到不行的燈光相互強調自我，偵探事務所就是設立在這樣的鬧區外圍。

難以判斷位於這樣的地段是好是壞，標榜「安心與信賴」的大型偵探社，應該不會把辦公室設在這種地方，不過標榜「歡迎麻煩事」的鵜飼偵探，或許很適合把辦公室設在這裡。

流平搭計程車到車站後站，走路穿越鬧區。

途中，一名打蝴蝶結的精瘦男性推薦「早晨服務」，流平視若無睹。流平不知道那是怎樣的早晨服務，卻因而察覺自己沒吃早餐。但那個人推薦的應該不是麵包加咖啡的早餐，視若無睹是對的。流平決定先趕路，之後再詢問真相。

流平依照鵜飼的吩咐，從後巷走到綜合大樓，謹慎注意四周，確定沒有任何人之後一個箭步衝上安全梯，但階梯很不湊巧是螺旋式，流平一鼓作氣衝到三樓，打開鏽蝕鐵門進入大樓內部時，已經氣喘吁吁兩眼昏花，令他體會到要是平常運動不足，就會反映在這種緊急狀況。

冰冷陰暗的走廊在眼前延伸，聽說這棟大樓一半是空房，到了晚上會很吵雜。但現在是白天所以靜悄悄的，流平來到走廊中段的某扇門前。

門上掛著白底黑字的招牌。

「鵜飼杜夫偵探事務所」。

而且旁邊果然有「WELCOME TROUBLE」這行字，而且只有這樣，實在寒酸。

從這一點就清楚知道，這個偵探不太熱中於工作。

流平按下門鈴，門很快就微微開啟，鵜飼熟悉的臉出現在門後。

鵜飼是非常適合成為偵探的人，體型中等，長相也沒有顯眼或可取之處，表情缺乏喜怒哀樂等變化，改變眼鏡、髮型或鬍子就能讓他看起來善良或恐怖，他站在講臺會像老師，坐在公園長椅會像失業上班族，由於他職業是偵探，所以當然也非常擅長偽裝成刑警，要是移除所有飾品，穿一套老舊西裝走在街上，大概幾乎不會引人注目，反過來說，當他穿上最流行的衣著……或許會像個英俊小哥。

他曾經發下豪語表示「不起眼是偵探最強大的武器」，但依照流平的見解，他其實是想搶眼也沒有能搶眼的要素。

「嗨，來得真快，沒人發現吧？」

「嗯，我想應該沒問題。」

流平說著，迅速進入事務所，室內暖氣強得過頭，流平解除至今的緊張而安心，加上室內如此暖和，使他立刻放鬆力氣，一屁股坐在身旁的椅子。

「嗯，看來你很累，總之得聽你慢慢說，我泡杯咖啡給你吧。警察剛來過，應該暫時不會再來……啊，餓嗎？」

流平猛烈快速點頭。

端上桌的咖啡濃如墨汁又很苦，附上的法國麵包乾如厚紙，實在不是能吃的東西——但是墨汁與厚紙都在幾分鐘後收入流平的肚子裡，現在的他肯定連泥水與厚紙板都能美味享用，記得某人講過一句名言：空腹是最好的廚師。

「那我就洗耳恭聽吧，記得你提到被某件事波及，發生了什麼事？」

「就是這樣，總之請聽我說。」

流平將昨晚發生的事情一五一十說出來，記憶所及毫不保留，連對話也儘可能忠實重現，配合肢體動作詳細說明，簡直像是獨自重現事件原貌。

鵜飼偵探坐在扶手椅，前面是一張雜亂堆放文具與資料的桌子，他似乎頗為專注聆聽，未曾在中途打斷或提問。

「簡單來說就是這樣吧？」

鵜飼聽完流平陳述之後進行整理。

「你在昨晚七點造訪茂呂耕作的公寓，白波莊一樓的四號房。洗完澡之後，從晚間七點半和茂呂耕作一起在家庭劇院看電影，電影是河內龍太郎導演的『殺戮之館』，影片播完剛好是晚間十點。」

「嗯，是的。」

「影片播完之後，茂呂耕作到酒店購物，途中在高野公寓的墜樓案件現場看熱鬧，在十五分鐘之後，也就是晚間十點十五分回來，你和茂呂直到十點半都一起喝氣泡酒，也聊到墜樓案件。後來茂呂耕作獨自去洗澡，你獨自留在家庭劇院專注喝酒看雜誌，到了晚間十一點，你在意茂呂洗太久而前往浴室，發現茂呂遇刺身亡，你目擊這一幕受到打擊昏倒，到這裡是昨天發生的事情。」

「是的。」

「再來是今天，你在上午九點半清醒，再度確認屍體之後想前往派出所，卻發現玄關門從內側以門鏈上鎖。而且除了玄關，你查過能夠出入的窗戶，但都從內側上鎖，你打電話給牧田裕二想求救，卻得知紺野由紀的死訊而受到打擊；因此清理現場遺留的物品與指紋之後逃離，在途中的幸町公園扔掉昨晚吃喝的酒與小菜，並且打電話給我，如今位於這裡。沒錯吧？」

「大致就是這樣，感覺有點像是國文測驗。」

「國文測驗？」

「我覺得好像『把這部故事整理成三百字之內的大綱』這樣。」

「你出乎意料悠閒喔，也絲毫沒有危機意識，簡直置身事外。」

「我實際上真的是局外人啊。」流平講得有點鬧彆扭。「因為和我毫無關係。」

「但警方應該不這麼認為。不提這個，這是很有趣的案件，真的很有趣。」

「因為是密室？」

「不只是密室，而且現在只有你與我知道這間密室，警方還完全不知情，我覺得這樣的狀況很有趣，讓我躍躍欲試。」

「這樣啊，鵜飼先生處理過密室殺人？」

「………」

「沒有吧？」看來偵探只是以嘴巴聊密室。「沒問題嗎？」

「沒問題，交給我吧。本公司規模雖小，卻秉持『歡迎麻煩事』的宗旨，回應顧客們的期待至今。」

「那是我想的標語。」

「啊，是嗎？哎，無妨吧？」鵜飼搔著腦袋說：「總之，方便問幾個問題嗎？」

「請問。」

「知道誰可能記恨紺野由紀嗎？你當然不算在內。」

後面那句話令流平相當在意。

「我並沒有記恨她。」

「那你在車站前面吵鬧是怎麼回事？當時你抱著公車站牌大喊『那個混帳女人～』這樣……」

「哇，請別再提那件事了。」流平慌張打斷。「而且我應該沒罵她『混帳』。」

「也可能有罵吧？」

「………」

「看吧，不講話了。」

「混帳～」

「看吧，果然，你現在就罵『混帳～』了，心裡肯定在想『這個混帳偵探』吧，看來你出乎意料在某方面很急躁。」

「激怒別人再說人急躁，這是誘導詢問。」
「所以你承認自己記恨紺野由紀吧？」
「……明白了，我姑且承認，但不是我殺的。」
「我知道，所以除了你，還有誰可能記恨？」
「這我不清楚，不過我在想，她或許可能在甩掉我之後就和其他人交往吧？這麼一來，她和另一個男人起糾紛也不奇怪……這能成為行凶動機吧？」
「前提是她有別的男人，這推測沒有根據，有更具體的嫌疑人嗎？」
「想不到。」
「看來警方迅速鎖定你也在所難免，我明白了。那麼茂呂耕作呢？是否有人和他結仇？」
「這個嘛，我想不出來，應該說完全無法想像，事實上他不像會和他人結仇。」
「有女友嗎？」
「是指茂呂先生？」
「是啊，問你有沒有女友也沒用，何況沒有。」
為什麼要刻意用這種講法？流平內心受創。
「……我想茂呂先生沒有女友。」接著流平像是做個小小的報復補充這句：「和鵜飼先生一樣。」

「………」

「啊……」

用看的就知道鵜飼偵探明顯受創，這種說法用在失婚單身漢似乎太殘忍了，流平稍做反省，接下來必須讓偵探盡量維持好心情工作，不應該胡亂傷害彼此。

5

後來鵜飼偵探迅速起身表示「想看現場」，所謂的現場當然是白波莊四號房，這對流平來說是天大的提議。

明明剛逃離那裡，為什麼又得回去？流平當然採取消極態度，如果偵探無論如何都想看現場，流平希望自己只需要說明地點，由偵探一個人去就好，這是他毫無虛假的真心話。

然而鵜飼別說讓步，甚至以「慣例」為由繼續堅持。

「偵探理所當然想看現場，在這種狀況，飾演華生的角色會樂意陪同『見習』，沒錯吧？」

「我的角色是華生？我一直覺得自己是委託人。」

「別講歪理了，總之你也來。」

講歪理的是誰？流平依然露出不滿的表情。

「何況你想想，自古不是有句格言嗎？」

這次偵探拿出「格言」為藉口。

「什麼格言？啊，我知道了，『現場蒐證百回不嫌少』？」

「不，不是那句。」鵜飼隨口說：「是『凶手會回到現場』。」

「我說啊，鵜飼先生……」流平深吸一口氣。「我說過我不是凶手吧！為什麼我非得回到現場！」

「哎，話是這麼說沒錯……」鵜飼安撫著激動的委託人。「但你想確認真相吧？兩人一起觀察，或許會發現新的線索。何況警方出動之後，拜託任何人也沒辦法目睹現場，所以不能放過這少有的機會。」

「既然專程前往現場，你應該有解決方法吧？」

「當然，我有方法解決，前往現場就是為了確認。」

「鵜飼先生，你該不會像個小孩子，只是想親身體驗實際的命案現場吧？」

「怎……怎麼可能……我哪會這麼想？」

「有點可疑。從剛才的對話判斷，你好像沒處理過密室殺人案。」

「當然沒有，沒經歷過是理所當然吧？」

「所以想要親身體驗？」

「就說不是了！這不能開玩笑啊，真是的，哼，親身體驗一點都不重要。」

鵜飼煩躁的模樣表露無遺。

「何況我們就算不親身體驗，也累積不少『密室』經驗吧？即使沒跳脫虛擬經驗的範疇，先人們創造的『密室』也遠比現實案件高明又獨創，甚至富含更多啟示。」

「說穿了就是偵探小說？」

「對，我至今看過的諸多偵探小說，以及書中密室殺人的內容，成為我的經驗在我腦中呢喃，要我把這個密室看得單純一點，不需要想得太複雜。這個案件在偵探小說的忠實書迷看來都是單純至極，我已經有方法解開這個密室之謎，是基於確認的意義才想親眼看看現場，僅止於此，絕對不是看熱鬧或走馬看花！」

「這樣啊……請問是什麼方法？」

「現在還不能說，要先到現場親眼看過。」

流平聽他這麼說就非得協助才行，畢竟再怎麼說，偵探應該都很聰明。所以流平被鵜飼說服一同前往現場，委託人重回現場也是常見的狀況。

流平搭乘鵜飼的雷諾 LUTECIA 一起出發，鵜飼明明收入不穩定，卻只有車子是法國車，流平搞不懂他的價值觀與人生規劃。

「沒什麼，雖說是雷諾，但如你所見是大眾車，和 CIVIC 或 COROLLA 沒兩樣，價格也很實惠。」

「既然這樣，開CIVIC或COROLLA不就好了？何況也比較不顯眼。」

「這可不行。」

「為什麼？」

「因為我是偵探。」鵜飼當成世間常識斷言。「偵探哪能開國產大眾車？開什麼玩笑，偵探的車等同於名片，即使不在事務所花錢也要砸錢買車，這是偵探這一行的榮耀。」

原來如此，這裡的「榮耀」似乎可以替換成「面子」。

上車之後，鵜飼遞給流平一頂老舊的棒球帽與淡褐色墨鏡，意思是要他多少遮一下臉。然而流平戴上之後，映在後照鏡的臉卻變得像是「這正是逃亡中的通緝犯！」使他內心頗為複雜，甚至覺得會造成反效果。不過比起毫不掩飾走在街上，感覺還是讓人安心一些，流平只好妥協。

「啊啊，很合適很合適。」

鵜飼看著前方這麼說，不知道是在稱讚，還是當成置身事外這麼想，無論如何，流平與鵜飼偵探兩人看起來肯定很可疑，路過的巡查或許會攔下來臨檢……流平認為並非沒有這種危險。

車子停在幸町公園附近的路邊，兩人一副若無其事的表情並肩行走，鵜飼在穿越公園的路上詢問。

「你逃走時扔塑膠袋的垃圾桶是哪個？」

「啊，垃圾桶？」流平沒想到偵探會對這種東西感興趣，驚訝地說：「看，就是那邊那個。」

流平指著大約在公園中央的生鏽鐵籠，和幾小時前見到的樣子幾乎相同，裡面扔了塑膠袋、寶特瓶、空罐、舊報紙與其他垃圾，也就是普通的垃圾桶。

鵜飼快步走過去窺視，簡直整張臉都鑽到裡面。

「──記得是印有花岡酒店四個字的塑膠袋吧，唔～沒看到，難道是哪個眼尖的傢伙拿走了？」

「那個……鵜飼先生，你在做什麼？」流平戰戰兢兢詢問偵探，他依然專注在垃圾桶找東西。

「我可不是在翻垃圾。」鵜飼抬起頭。

「但你看起來只像在翻垃圾。」

「真是的，看來你這傢伙很粗心。」

流平聽他這麼說，心裡也沒有底。「什麼意思？」

「你不知道？我正在努力找回你粗心扔掉的證物。」

「證物？」

「對，不過看來沒了，真遺憾，總之應該不是落入警方手裡。」

「你說的證物是什麼？」

「仔細想想吧，你昨晚和茂呂耕作喝酒，我明白你想隱瞞這件事，營造出你昨晚不在茂呂耕作住處的狀況。但即便如此，你把花岡酒店的塑膠袋、酒瓶與下酒菜等東西全部處理掉，這種做法太過火了，是草率的誤解。茂呂耕作昨晚前往花岡酒店買酒與下酒菜回家，這是不爭的事實，對吧？只要警方開始蒐證，酒店店長或店員肯定會作證，這麼一來，茂呂耕作家裡沒有酒或下酒菜反而不自然，對吧？你卻全部裝進袋子扔到這個垃圾桶，所以我才要找找看，現在看來都沒了，肯定是遊民撿走吧，畢竟沒喝完的日本酒與沒開封的下酒菜是他們的上好獵物，哎，這也沒辦法。」

「……」

聽鵜飼偵探說完就覺得沒錯，流平企圖湮滅自己待過現場的證據，這種行徑其實是反效果，他事到如今才後悔自己如此冒失。

同時流平也覺得，光是聽到這番話就能注意到這種細節，鵜飼杜夫的偵探實力或許意外高明，向這個人求救是對的。

後來流平與鵜飼進入目的地白波莊，周圍完全看不出異狀，腳踏車停車場有腳踏車、報紙籃有報紙、晒衣場有晒衣竿，理所當然至極；不過浴室有離奇死亡的男性屍體，這一點應該沒人想像得到。

「玄關上鎖？」
「不，我只有關著。」
「這樣啊，那我就擅自進入吧，你也一起來。」
流平當然也不想一個人在外面等，流平與鵜飼確認周圍沒人看見，眨眼之間就進入四號房。
鵜飼從西裝口袋取出兩雙白手套，將一雙遞給流平，戴手套是考量到避免無謂留下指紋，鵜飼以戴手套的手轉動門把旋鈕從內側上鎖。
「這樣就行，總之當成茂呂耕作週末外出不在家，這樣比較安全。」
「所以任何人來訪都不用管吧？」
「當然。」鵜飼用力點頭。「那麼事不宜遲勘驗屍體……呃啊！」
「怎麼了？」
「還問我怎麼了？」鵜飼環視上下左右。「你逃離的時候，就這樣放著室內的燈都沒關？玄關、走廊、浴室的燈都亮著，不知道該說你冒失、粗心還是浪費電……」
鵜飼打從心底無奈說著，流平當然提出反駁。
「慢著，請等一下，這是因為停電。我逃走的時候正在停電，燈都沒亮，我才會不小心直接離開。」
「無論如何，無法否認你注意力不夠。」

「哎，話是這麼說沒錯，總之現在先檢驗屍體吧。」

流平帶鵜飼前往浴室。

更衣間、洗衣機、衣籃、玻璃門，一切維持早上看見的樣子，空氣也依然冰冷。

「這就是你過夜的更衣間吧？」

「是的？」

「沒感冒？」

「勉強沒有……屍體在拉門後面。」

鵜飼毫不畏懼窺視瓷磚浴室，流平也在後方觀望。昨晚以彆扭姿勢倒地的茂呂依然冰冷沉睡，即使流平不想看見第二次，但其實包括昨晚、今早與現在，他是第三次看見這具屍體。

原本期待看第三次應該能稍微習慣，卻沒有這回事。這幅光景看幾次都令流平啞口無言不敢置信，看久了同樣會喉嚨乾渴膝蓋顫抖，想冷靜觀察眼前的現實需要非常強韌的精神，很遺憾現在的流平並非如此。

相較於流平，鵜飼比他心平氣和得多，也可能是沒有認知到事情多麼嚴重，總之鵜飼徹底進行冷靜又制式化的觀察，動作看起來絲毫不怕屍體。

「嗯，原來如此，確實如你所說，是隔著衣服朝右側腹刺殺，凶器是……嗯，這把吧，確實鋒利，而且很小一把，刀刃算是很薄，握柄設計得很大，原來如此……」

偵探自言自語一長串之後，輕聲說：

「很合適。」

「『合適』是什麼意思？」

流平順勢詢問。

「那麼，再來去看看那間家庭劇院吧，是這個方向？」

然而流平的問題，如同路邊蒲公英被輕易忽略。

抱怨也沒用，流平只好跟著進入家庭劇院。

這裡當然也和昨晚完全相同，除了流平將吃剩的酒菜清理掉，這裡維持著昨晚的原樣。

鵜飼一進房，就受到純白的投影幕與並排的機材等豪華設備震懾，不過首度進入這個房間的人，大致都是這種感想。

「哇，了不起，簡直是真正的電影院，沒想到正統到這種程度，好壯觀。」

鵜飼的感想正是典型。

「話說回來，這房間簡直像是剛打掃過，一塵不染而且到處亮晶晶，看來茂呂耕作做事非常一絲不苟。咦，這是什麼？」

鵜飼蹲下去，從地毯撿起某個東西，是類似小貝殼的物體，流平感興趣認為可能是某種碎片，不過……

「什麼嘛，只是開心果殼。」

「『什麼嘛』？」鵜飼對流平這番話產生強烈反應。「『什麼嘛』是什麼意思？你這一瞬間因為我而逃離危機，真希望你至少道聲謝。」

流平半信半疑，覺得他講得好誇張。

「逃離危機是什麼意思？」

「這個開心果殼，當然可以推定是你們昨晚酒宴留下的東西，也就是茂呂耕作從花岡酒店買來的，對吧？」

「是的。」

「既然這樣，這東西不是茂呂耕作就是你吃的。」

「那當然。」

「也就是說，這個殼肯定有茂呂耕作或你的指紋。」

「啊，對喔！」

「如果有你的指紋——機率是二分之一——並且被警方發現，你的立場將會更不利，這東西證明你昨晚來過這間家庭劇院。」

流平認為鵜飼說得沒錯，或許是千鈞一髮。

鵜飼把撿起來的開心果殼收入西裝口袋，轉身面對流平提出一個要求。

「可以去隔壁起居室敲敲牆壁嗎？我想估計這面牆壁的厚度。」

流平依照吩咐，離開家庭劇院前往隔壁起居室，朝著家庭劇院相鄰的牆壁敲幾下，認為鵜飼會有所反應而在原地等候，然而毫無反應，因此他再度握拳敲兩下就回到家庭劇院。

「怎麼了？」

「你真的有敲這面牆？沒有敲錯？」

「我確實敲了，沒聲音？」

「完全沒有，我什麼都沒聽到，這樣啊……」鵜飼露出佩服的表情。「看來隔音工程做得很完善，同樣很合適。」

「合適是什麼意思？」

「……這麼一來，就是起居室或廚房。」偵探逕自低語撫摸下巴。

「………」

啊啊，流平的問題再度如同校園角落飼養的小白兔完全被忽略，不，小白兔的待遇或許會更好一點。

流平抱持挫敗的心情，再度跟著偵探前往起居室。

來到起居室的鵜飼，以一副神經質的樣子環視四周，還趴到地上像是在聞沙發或周邊味道般移動。流平明白他在尋找凶手遺留的物品，也從表情看出他遲遲沒找到要找的東西。

鵜飼繼續趴著，進一步將觀察範圍擴及到廚房地面，但似乎依然徒勞無功。數分鐘後，鵜飼以清爽的表情起身，輕拍長褲膝蓋。

「不行，找不到，大概不在這裡，難道在玄關？」

流平不死心，第三次詢問正在納悶的偵探。

「請說明一下吧，究竟什麼東西『合適』，又『找不到』什麼東西？」

這次鵜飼間不容髮就回答流平。

「凶器與空間『合適』，但『找不到』血跡。」

「什麼意思？」

「好，我來說明吧，你聽過之後，就不會說我只是基於好奇想來命案現場。」

6

鵜飼坐在起居室沙發，如同忘記自己正在私闖民宅，悠然進行說明。

「問題在於從玄關內側鎖上的門鏈，對吧？」

「是的。」流平簡短回應。「所以？」

「總之你想想看，門鏈這種鎖，是否能以某種方式從外側取下？不，不可能，喇叭鎖只要有鑰匙就能開，行家即使沒有鑰匙，光靠一根鐵絲也能輕易開關，但是門鏈鎖就不可能。」

「是的，換句話說，這是完美的密室……」

「不不不，不是這樣，過於完美反而是漏洞。」

「意思是？」

「換句話說，凶手用盡各種手段都不可能從外側以門鏈上鎖，反過來想就是上鎖的人在室內，不然還有哪種可能？」

「也就是說，鎖上門鏈的是……咦？」

「沒錯。」鵜飼滿意露出笑容。

「難道是……我？」

「你是笨蛋嗎？」鵜飼隨口罵以前的小舅子是笨蛋。「為什麼是你？即使你當時喝醉，至少也記得自己做過什麼事吧？」

「是的……那個，鵜飼先生，別這麼激動，盡量冷靜一點，再怎麼樣，你罵我笨蛋也太過分了。」

「我當然知道，都是你講得這麼憨直，我才會忍不住發火……不提這個，我猜你很少看偵探小說吧？」

「偵探小說？我確實沒在看，不只是偵探小說，我生性幾乎都不看書。」

「你生性如此，居然能當上大學生……」

鵜飼無奈嘆了口氣。

「總之，大學是另一回事。」

實際上，流平知道的推理作品只有電影，即使他至今看過「橫溝電影」、「清張電影」或「克莉絲蒂電影」，老實說幾乎都沒看過原作。流平喜歡推理作品，卻不包括小說，他感興趣的只有電影這方面。

「偵探小說怎麼了？」

「偵探小說有一種相當常見的老掉牙手法，我原本不想特別說明，但是沒辦法，就告訴你這個沒看偵探小說的人吧，鎖門鏈的人，當然是遇害的茂呂耕作。」

「茂呂先生？他是遇害者啊？」

「是遇害者也無妨，因為沒有其他人了，換句話說，這是『內出血密室』。」

「『內出血密室』是什麼？」

「問我為什麼……唔～」鵜飼面帶困惑雙手抱胸。「居然問這麼初步的問題，哎，好吧，畢竟偵探有義務說明。話說回來，既然你是電影迷，應該看過『人性的證明』吧？」

「當然，不過這是我出生之前的電影。」

「……………」

鵜飼啞口無言，眼神遊移好一陣子，在流平眼中，他似乎不經意垂頭喪氣。

「怎麼了？」

「不，沒事……出生之前？」鵜飼難掩動搖。「是這樣嗎？對喔，畢竟是四分之一世紀前的電影，唔～這樣啊，原來二十一世紀是這種時代，真恐怖。」

流平認為，前後兩個世紀只是時間長流的一個區隔點，所以對此毫無感覺，但鵜飼似乎特別感慨，總之二十一世紀的考察先放到一旁。

「『人性的證明』怎麼了？」

「那部電影有一個場面，是一個年輕黑人在公園遇刺，蹣跚走向大樓頂樓的瞭望餐廳……對吧？」

「嗯，我記得，後來他倒在電梯裡死亡，留下一段神祕的訊息……」

「對，一點都沒錯。」鵜飼聲音再度變大。「這段劇情不算是『內出血密室』，總之你就當成這裡發生了類似的事。換句話說，在背部或腰部被細長刀子刺入的狀況，如果刀子留在身上，反而會發揮栓塞效果減少出血，所以即使受到致命傷，還是可以短暫行走，當然也可以進行某些動作。」

「哇……」

「要造成這種現象，必須具備幾項條件，最重要的條件在於凶器形式，刀刃厚的菜刀不適合，最理想的是薄而鋒利的刀或錐子，造成的傷口較小，能夠減少出血，卻能刺得很深造成致命傷。如果凶器是刀子，小型刀比大型刀好，要是握柄夠大，刺到底就能發揮止血的功用，是最好的選擇。」

「原來如此……所以才說『合適』。」

流平終於得知意思，也能點頭同意。

「沒錯，屍體旁邊的那把凶器，簡直是為了打造內出血密室而設計，而且傷口位置也很好，即使刀子再小，要是直接朝心臟插下去，遇害者也無法移動半步。刺脖子或腹部會造成大量出血，同樣不適合。刺手或腳則是無法致死，因此必須是刺殺側腹或後背，才可能成為內出血密室，遇害者右側腹的傷就符合這一點，而且凶手隔著衣服刺殺，少量的出血只會被衣服吸收，不會滴落。」

鵜飼起勁地繼續說著。

「茂呂耕作遇害的過程應該是這樣。」

鵜飼早早就著手分析密室之謎。「昨晚十點半，茂呂耕作將你留在家庭劇院，獨自前往浴室，他打開水龍頭正要脫衣服時，持刀的凶手X忽然出現，不知道是按門鈴進來還是早就入侵，這種事如今不重要，總之他和持刀的X對峙，拚命抵抗也沒有效果，右側腹受了致命傷，但他還是持續抵抗，好不容易將X趕出玄關。其實不用特別驅趕，X也可能自行逃走，無論如何，X至此離開現場，行凶的刀子則是依然插在茂呂耕作的右側腹，茂呂耕作接下來的行動，則是親手掛上玄關門鏈，避免X再度回來確實要他的命。」

「原來如此。」流平點頭回應。「可是屍體在浴室啊？」

「沒錯，茂呂耕作上鎖之後恍惚回到浴室，並且自己拔出刀子，反而造成大量出血而喪命。另一方面，你直到案發三十分鐘後的晚間十一點，才終於發現茂呂耕作的屍體，你想想，這麼一來玄關門鏈就會從內側鎖上，茂呂耕作的屍體則是倒在浴室，而且室內除了你沒有任何人，就是這麼回事。」

「原來如此。」流平大力點頭，對鵜飼的推理頗為佩服，而且頗為放心，但他並非完全沒有疑問。「遇刺的茂呂先生，為什麼沒來向我求救，而是跑去浴室？要是來找我，我就可以幫忙叫救護車了。」

「我推測這是下意識的行動。」鵜飼耐心繼續說明。「受重傷的茂呂耕作，當時應該陷入無法理性思考事情的狀態，那他是以何種心態行動？很簡單，他是在準備淋浴時遇刺，所以遇刺之後依然想淋浴。換句話說，他這時候的行動準則，是他遇刺之前想到浴室淋浴的念頭，雖然這種行動毫無意義，但是處於這種極限狀況，他思緒混亂也在所難免。」

流平只能認同這樣的說明很中肯。

「以上就是內出血密室的可能性。總之案件疑點就此釐清，再來要解決的問題，就是死者究竟被誰刺殺。行凶地點最可能在起居室或廚房，不過這樣得質疑一件事，當時你在隔壁的家庭劇院，要是起居室進行殺人行為，你是否可能完全沒察覺。」

「所以才要進行敲牆壁的實驗？」

「沒錯，經過實驗得知，這間起居室和家庭劇院相鄰，卻完全是獨立空間，即使在起居室舉辦劍道比賽，待在家庭劇院的人也完全不受影響，感覺不到聲音或震動，這樣要在起居室行凶完全不成問題。」

「所以才去調查起居室？」

「對，我覺得即使是內出血，應該至少會流一兩滴血，卻完全找不到，調查範圍擴大到廚房也沒有。總之有可能是我看漏，或是內出血真的完美到連一滴血都沒流，這麼一來就無可奈何。」

「也就是說，凶手在起居室或廚房刺殺茂呂先生之後從玄關逃離，身上插著刀子的茂呂先生掛上玄關門鏈，密室自此完成，後來茂呂先生倒在浴室身亡……話說回來，鵜飼先生。」

「什麼事？」

「你認為警方會接受這種假設？會因而承認我的清白？」

「不，世間沒這麼好過，警方應該不會接受。即使警察承認『內出血密室論』的可能性，也無法證明你的清白，你的嫌疑依然最大。」

「既然這樣，好不容易想到的『內出血密室論』也沒意義吧？」

「唔，沒意義是什麼意思？」鵜飼鬧彆扭噘嘴，滔滔不絕繼續說下去。「到頭來，是因為你堅稱這是密室、是謎團、是不可能的犯罪場面，我才會傳授一個有力的假設給你。如果我的假設沒意義，那麼坦白說，你把這個密室當成問題根本沒意義。」

「你的意思是說，密室不是大問題？」

「不。」鵜飼微微歪過腦袋。「老實說我不清楚，但我至少能斷言，要證明你的清白，比解決密室之謎困難許多。」

7

兩人的對話暫時中斷，就像是等待這一瞬間已久，外面忽然劈啪作響，流平很快就知道這是機車引擎空轉的聲音，他聽過這個偶爾夾雜脫序爆音的噪音。

「啊，那個聲音……」

「機車引擎聲怎麼了？」

「和我昨晚聽到的聲音一樣。記得昨晚十一點，我走出家庭劇院在浴室發現屍體前後，外面也響起那個聲音，我記得當時心想哪有人三更半夜檢查機車引擎，所以有點火大。」

「嗯，也就是說那輛機車的車主，昨晚十一點之前在外頭修車，有趣了。」

「對吧？如果鵜飼先生的『內出血密室論』正確，他可能目擊凶手逃離現場。」

「有這個可能，好，事不宜遲去確認一下……不過得先做一件事。」

鵜飼偵探接下來的行動很奇妙，他前往洗臉檯的鏡子前面，從西裝內袋取出一套化妝品畫起臉。

「就像這樣，用眉筆把眉毛打亂……眼角也要畫點細紋……蓋掉皮膚光澤，看起來粗糙一點……」

在流平注視之下，鏡子裡的鵜飼越來越老，最後再加上一副方框眼鏡與鴨舌帽。

（他連這種東西都能藏在口袋！）

「怎麼樣，看起來像中年刑警吧？這套造型姑且算是『七種刑警』的第四種。」

「很……很像，很像刑警！但我不知道是第幾種。」

「好，那就偵訊吧，你只要不講話就好。」

流平與鵜飼一起從四號房玄關走出，兩人環視四周，沒看到有人修車的身影，只有聲音從不遠處傳來，似乎來自建築物大門旁邊的住戶專用停車場，兩人前去察看。

停車場有一輛看似故障的機車，以及一個陷入苦戰的人。機車明顯是舊車，但車主還很年輕，而且是女性，身穿帆布上衣與牛仔褲，脫掉的薄外套放在旁邊的水泥地。即使如此似乎還是很熱，她的額頭微泛汗光，看起來心無旁騖，即使兩名男性接近也遲遲沒有發覺，就這麼彎腰看著引擎部位。

「那個……打擾一下。」

女性聽到鵜飼的詢問總算抬頭，她提高警覺迅速移動視線，大概是認為這兩個人很可疑，這是當然的。

「你們是誰？」她態度毫不膽怯。「老伯，到底有什麼事？」

「什麼？竟然說我是老伯……不，對，我確實是老伯。」

鵜飼明明是自己偽裝成中年男性，卻在一瞬間忘我，特地下工夫的變裝差點功虧一簣，鵜飼好不容易把持住，從西裝內袋取出黑色皮革手冊。

「我是這個身分。」

旁邊的流平見狀當然是嚇出冷汗。鵜飼過於大膽拿出「偽造警察手冊」，令他差點忍不住放聲大叫，流平覺得這種做法再怎麼樣也過於勉強、亂來又魯莽。

「啊啊，警察先生，是關於昨晚的女大學生墜樓命案吧？」

她出乎意料輕易受騙，甚至沒確認手冊封面的文字，上頭明明清楚燙金印著「開運手冊」。

「很高興妳這麼機伶，我們就是在調查這個案件，敝姓中村。」

鵜飼悠然報出假名，將手冊收入內袋，流平鬆了口氣。

「我是二宮朱美，這位是？」

自稱朱美的女性，理所當然將視線移向流平。

「啊，他叫做竹下，哈哈哈，還是隻菜鳥。」

看來流平非得飾演菜鳥刑警，而且不知為何命名為竹下，流平不禁緊張，以生硬的動作行禮致意，之後就儘可能躲在鵜飼身後。

「這樣啊……」朱美依然懷疑地看著流平。「原來真的有刑警會像那樣戴帽子、戴墨鏡又穿薄外套，我一直以為只有警匪影集會這樣。」

「不，這種穿著很少見的。」

鵜飼配合她「哈哈哈」的誇張放聲大笑，另一方面，流平則是不太高興，明明是鵜飼自己要他打扮成這樣的。

「所以想問什麼？」

「請問妳在昨晚十一點左右，是否在這附近修機車？有人證實在這段時間聽到機車引擎聲。」

「我確實在修車，而且現在還在修。」

「喔，引擎出問題？」

「天曉得，我不知道哪裡出問題，不過這樣修理很有趣，所以無妨。總之我昨晚就在這裡修車，然後呢？」

「我在想，妳當時或許有看見可疑人物，順便請教一下，妳昨晚幾點到幾點待在這個停車場？」

「這個嘛……我看完九點的連續劇就過來，大概從晚上十點待到十一點半吧。」

「真努力，鄰居沒抱怨？」

「出乎意料沒抱怨，何況我自認沒有吵到人。」

「無妨，一樣在這裡？」

「大致一樣。」

「大致是指？」

「正確來說，我當時在那邊大門的燈光底下，我把機車停在門前，那裡比較亮，所以方便修車吧？」

朱美以右手指向公寓外門門柱上的燈，她昨晚十點到十一點半都在那裡修車，這段證詞具備重大意義，鵜飼的表情也終究緊張起來。

「妳當時在這扇門旁邊吧？」

「對。」

「待在這裡，一樓任何人進出都一目瞭然吧？」

從外門放眼望去，可以看見井然並排的四扇玄關門，距離最近的是重點四號房，再來依序是三、二、一號房。

「我並不是在監視公寓。」

「但如果有人從玄關進出，待在這裡的妳都會看見吧？」

「這……嗯，也對。」

「而且出入玄關的人，無論如何都要經過這扇門才能離開，對吧？」
「對，刑警先生，你想問什麼？」
「那麼，請仔細回想一下，昨晚十點到十一點半，妳是否看到哪個人經過這扇門或進出玄關？」
「確實看過。」
「妳看過！是誰？」
「茂呂先生。」
「茂呂先生？這位茂呂先生是誰？」
鵜飼裝傻詢問，流平忍住笑意躲在他身後聆聽。
「住四號房的人，大約二十五歲，在影視公司上班。」
「這樣啊，那這位茂呂先生幾點經過這裡？」
「我剛修車就看到他，所以他是在晚上十點出頭離開，大約十五分鐘後回來。」
「這樣啊，妳知道他為什麼外出嗎？」
鵜飼早就知道原因，卻依然裝傻繼續詢問。
「他去了酒店一趟。」
「妳怎麼知道？」
「茂呂先生自己說的，他出門的時候和我打招呼，說他要『去一趟酒店』。」

「這樣啊，那他回來的時候怎麼樣？有向妳打招呼嗎？」

「他回來的時候沒說話就經過我面前，右手應該提著酒店的袋子，不過太暗了，我沒看清楚。」

「除了這位茂呂先生呢？是否還看到其他人？」

「這我就不記得了。」

「請仔細回想一下，比方說十點半左右，是否發生什麼狀況？」

鵜飼露骨打聽情報。依照流平的證詞，行凶時間是晚間十點半到十一點，不過鵜飼從當事人穿著衣服遇害，判斷行凶時間是在入浴前，也就是比較接近十點半，而且在行凶時間前後，凶手當然會出入公寓。

「十點半……啊！」朱美像是忽然想到般抬頭。「這麼說來，我在十點半左右，好像聽到一個很大的聲音。」

「很大的聲音？從哪裡？」

「應該是四號房，我聽到『咚』一聲很沉重的聲音——你看，那邊有扇窗戶吧？斜開的浴室窗戶。」

從戶外看，浴室的下推窗在玄關門旁邊。

「感覺聲音是從那裡傳來，我原本以為浴室發生什麼事……但後來毫無動靜，我就沒繼續在意。」

「確……確定是十點半左右吧？」

「當時我有看手錶，所以肯定沒錯，正確時間是十點三十五分。」

「原來如此原來如此……恕我暫時失陪。」

鵜飼點點頭，一百八十度轉身面向流平，將手放在流平肩上。

「喂，這是出乎意料的情報，晚間十點三十五分，應該可以認定這是行凶時間，她聽到的肯定是茂呂耕作遇刺之後倒在浴室瓷磚的聲音。」

「似乎是這樣，所以只要鵜飼先生的『內出血密室論』正確，凶手肯定在這之後逃離四號房。」

「放心，當然正確。」

鵜飼意氣風發充滿自信，再度轉身面向朱美提出最後的問題。

「那麼，將近十點三十五分的時候，應該有人從四號房離開，妳記得是誰嗎？」

「不，完全沒人。」

「沒人……呃，真的？」推測落空的鵜飼立刻焦急起來。「沒人進去或出來？」

「肯定沒錯，我一～直在這裡，所以不可能搞錯，只有茂呂先生在十點出頭和十五分左右經過，除此之外沒人經過，到十一點半一～直都沒人經過。」

「慢著，可是……」

鵜飼束手無策雙手抱胸，流平也跟著擺出相同姿勢思考。行凶時間前後，似乎只有遇害者茂呂經過這扇外門，那麼凶手來自哪裡？又逃到哪裡？

密室之謎不只沒解開，反而更加離奇。

8

到這裡，應該得讓那兩位刑警露個面才行。

不只是正統推理，小說讀者們總是健忘、容易厭倦又無情，立場再怎麼重要的登場角色，只要消失太久總是輕易被當成「前人」。為避免兩位刑警留下可憐回憶，必須留一些篇幅給他們。

接下來幾個場面已經由戶村流平的視點敘述過，所以有所重複，請見諒。

關於兩位刑警——砂川警部與志木刑警的行動，至今說明到他們在紺野由紀遇害現場發現血跡，接下來的過程請容我簡略帶過，畢竟先不提電視連續劇的狀況，命案搜查工作實際上單調、無聊又需要耐心，寫出來不會好看到哪裡去。

舉例來說，從死者書桌抽屜找出一本筆記本，大致瀏覽之後對死者的潦草字跡感到厭煩；接著姑且打開一旁的雜誌剪貼簿，發現只是郵購型錄的剪貼而失望；繼續尋找蛛絲馬跡時發現一張照片，心想「有進展了！」滿心期待翻到正面一看，原來是笑開懷的臘腸狗照片……大致就是重複這種光景。

和翻找垃圾桶嘀咕「這能吃」、「這不能吃」的行徑沒什麼兩樣。

搜查之後歸類為「這能吃」的情報，就是隔天搜查行動的參考資料。

兩名刑警當前的行動方針，是先找出紺野由紀分手的前男友進行偵訊。

分手的前男友名為戶村流平。今年初，兩人對男方畢業出路的意見相左而鬧翻，還在大白天的咖啡廳進行一場壯烈口角，她在日記寫下了這段過程，志木刑警認定這是非常有力的情報，甚至早早鎖定戶村涉有重嫌。

「犯罪的背後都有女人，警部您說對吧？」

「我聽不懂你的意思。」

「所以女人遇害總是因為『男人』，沒錯吧？」

「是嗎？總覺得你解釋過度……」

無論如何，首要任務就是找出戶村流平。

事不宜遲，兩人一大早就造訪戶村所住的公寓，但是沒人在家。總之，要找的人不一定在找的地方，刑警早已習慣這種狀況。

住在附近的同校大學生表示戶村昨晚沒回來，要是回來肯定會聽到電視、音響或喝醉酒大喊的高分貝聲音，一下子就會知道。

看來戶村的生活態度很差。志木立刻如此斷定，並且更加懷疑他。

兩人打聽到戶村有個朋友叫牧田裕二，立刻造訪這個人的住處。這時候是上午十點左右，牧田這個人看起來很聰明，很快就理解刑警們的來意，並且立刻讓兩人進屋調查。真的是不吝提供協助，志木暗自讚許他正是所謂的善良市民，是大家的借鏡。

暗自讚許的志木，順便向他詢問戶村的為人。他以一副難以啟齒的態度，說出之前發生的一段小插曲。

「其實他前幾天喝太多，從居酒屋回家的途中，在車站前面的公車等候區抱著站牌……不斷大喊一些不方便在大庭廣眾說的話。」

「所以他說了什麼？」

「簡單來說，就是臭罵分手的女友紺野由紀，或許可以形容為日式髒話吧。」

「唔！」

志木刑警輕呼一聲，看來自己的分析無誤，戶村流平很明顯不只是態度惡劣，品行也很惡劣。而且從這段小插曲，可以解讀出戶村對紺野由紀抱持明確的怨恨，志木對戶村的壞印象持續增加。

牧田裕二也提到私家偵探鵜飼杜夫的名字，這個人是戶村的姊夫。

如果只是普通親戚，這個情報就沒什麼亮點，但職業是「私家偵探」就不一樣。志木明顯嗅到可疑的味道，立刻開車前往造訪。

砂川警部不知道是跟不上志木刑警的充沛活力，還是打從一開始就沒幹勁，感覺像是毫不插嘴，任憑志木放手去做。

兩人在上午十點半左右造訪鵜飼杜夫偵探事務所，把車子停在車站後站綜合大樓旁的停車場。此時志木發現裡面停著一輛格格不入的進口車（雷諾？），將這件事留在記憶一隅。

兩人走到三樓，按下白色招牌的玄關門鈴，偵探從門鏈上鎖的門縫稍微露面，看得出他對於兩名嚴肅男性的造訪難掩驚訝之情。

「戶村流平在這裡嗎？隱瞞對你沒好處。」

偵探聽到問題之後回應。

「流平他不在這裡……請問兩位是地下錢莊的人？」

將刑警誤認為錢莊討債弟兄著實失禮，但是反過來想，也可以解釋成戶村這種人向地下錢莊借錢也不奇怪，連他的親戚鵜飼偵探也不禁承認這一點。

志木刑警內心對戶村這個人的評價，終於變得毫無可取之處。

「我們不是地下錢莊，是這個身分。」

志木盡量以瀟灑動作取出手冊，偵探看過之後態度大變。

「什麼嘛，原來是刑警，嘖，枉費我剛才那麼客氣。」

「這樣啊，你是這種態度啊……好大的膽子。」

原本應該相反才對，名為鵜飼的偵探頗為咄咄逼人，志木提高警戒。

兩名刑警進入偵探事務所進行一連串的詢問，途中有一位委託人打電話給偵探。

「您好，鵜飼杜夫偵探事務所……啊啊啊啊……啊啊。」

怎麼回事，一接電話就下巴脫臼？志木思考著這種事，卻沒進一步吐槽。最後兩名刑警沒問到足以成為線索的情報，偵探也表現得很自然，不像是藏匿當事人。

就這樣，志木刑警的警戒沒有奏效，戶村流平的行蹤掠過他們而去。

對於戶村流平來說，這當然是很幸運的事。

砂川警部與志木刑警在鵜飼杜夫偵探事務所無功而返，接著他們前去拜訪名為桑田一樹的男性，戶村流平是紺野由紀的前男友，桑田一樹則是她現任（應該說最後一任）男友。

這件事從她私人手冊的行程表就一目瞭然，直到一月都經常出現戶村的名字，後來卻只有桑田的名字接連出現，怎麼看都像是「移情別戀」。

這個人和本次的紺野由紀命案有何種關係？還是毫無關係？刑警們認為必須見桑田一面進行確認。

志木預先打電話聯絡，約在桑田打工的店裡見面，他打工的地點是距離大學正門不遠處的影帶出租店「ATOM」，店門口放置一尊不曉得手塚製作公司是否授權的原子小金剛招攬客人。

兩名刑警進入店內，發現只有一個人看店。

「你就是桑田一樹吧？」

砂川警部立刻拿出警察手冊詢問。

看店的桑田一樹只回答一聲「對」，這名男性是高大健壯的運動員體格，但是臉沒有晒得很黑，大概是這時代流行白皮膚吧，柔順的頭髮微微染成褐色，看起來頗為有型。砂川警部似乎很快就提高戒心，他看到搶手型男總是先有所反感，志木很清楚砂川警部這項心理特徵。

因此砂川警部毫不留情向桑田進行偵訊，桑田則是不為所動平淡回答。

「你們什麼時候開始交往？」「兩個月前。」

「契機呢？」「聯誼時坐在一起。」

「順利嗎？」「普通吧。」

「她最近是否有異狀？」「沒發現。」

「最近有沒有和她吵架？」「我們經常拌嘴。」

「即使只交往兩個月，但女友遇害應該造成打擊吧？」

只有這個問題影響到桑田的情緒。

「當然啊？不過工作比較能轉移注意力，我到時會去參加她的葬禮。」

「認識戶村流平嗎？」

砂川警部為了觀察對方反應，刻意唐突說出戶村的名字。

「認識。」桑田若無其事回答。「我們是同校朋友，是我女友的前任男友。」
「你和戶村流平居然是朋友，真意外……那麼戶村流平知道你們交往嗎？」
「這個嘛，或許不知道，何況我沒道理告訴他。」
「戶村流平似乎對她懷恨在心，你認為呢？」
「被甩應該不可能開心就是了，但我不清楚，沒辦法斷言他是否恨到下毒手。」
「最近見過他嗎？」
「昨天就見過。」
「咦！」砂川警部也對此驚呼一聲。「昨天幾點？在哪裡見到的？」
「他昨天有來這間店，記得是下午五點左右。」
「他來做什麼？找你聊天？」
「不是的，刑警先生，他是以客人身分來這間店租片。」
「租片？哪部片？」
「叫做『殺戮之館』的推理電影，刑警先生知道『殺戮之館』嗎？」
「嗯，知道，算是很早期的電影，而且很無聊，我在電影院看得無聊要死。」
「啊，我也有同感。」旁邊的志木也加入話題。「我學生時代和朋友一起租回來看，記得當時批評得很慘。」
「我也忠告他別租，但他好像基於某個原因非租不可，後來還是租走了。」

「為什麼非得看那部影片？」

「大概和別人約好一起看吧。」

「原來如此……不過這樣就奇怪了。」

砂川警部忽然自言自語，像是沉入自己的思緒。

「戶村流平昨晚沒回自己的住處……但他昨晚在這間店租影片……那他到底拿著一部影片去哪裡？」

桑田一聽到就說出答案。

「應該是去找茂呂先生，茂呂耕作先生是我們大學校友，戶村偶爾會拿影片到他家看。」

「呃，茂呂耕作！」

這次是志木放聲驚呼。

茂呂耕作住在幸町五丁目名為白波莊的公寓，打聽到這個消息的兩名刑警，感覺越來越逼近事件核心——幸町五丁目就在紺野由紀命案發生的高野公寓附近，而且戶村流平昨晚可能拿著一部影片前往該處。換個方式來說，戶村流平可能位於案發現場附近，那就不像是純粹的巧合。

「戶村流平就在茂呂耕作的公寓，不，至少昨晚肯定在那裡，這次應該沒錯……不提這個，喂，志木！」

砂川警部詢問駕駛座握著方向盤的志木刑警。

「你剛才一副聽過茂呂的樣子，你們認識？」

開車直奔白波莊的志木面向前方回應。

「我們是高中朋友。」

「你的老同學是嫌犯的學長啊，世界真小。」

「是的……」志木思索片刻繼續說：「世界或許如您所說非常小，警部，其實昨晚發生一件有點奇怪的事。」

「什麼事？」

「那個人……也就是茂呂耕作，昨晚應該在命案現場附近。我在圍觀群眾裡看到一個很像他的人，雖然只有一瞬間，但我認為我沒看錯。」

「什麼？所以茂呂耕作當時就在我們附近？喂喂喂，這是巧合？」

「這我不清楚，總之他就住在高野公寓附近，所以湊巧出現在現場也不奇怪，不過有件事不太對勁……」

「怎麼了，什麼事不太對勁？」

「不知道是什麼原因，我正要搭話的瞬間，他的表情就變了。該怎麼說，就像是被某件事嚇到，或是看見意外光景的表情，後來我來不及搭話，他就離開了……」

「嗯，被某件事嚇到啊……那你心裡有底嗎？」

「不，完全沒有。」

「你以前有沒有欺負他？或是勒索他？他該不會因此至今還討厭或害怕你吧？」

如今標榜正義的警察經歷過為非作歹的年紀，這種例子比比皆是，砂川警部難免有所誤會。

「沒有，絕對沒有，只有他……沒事。」

「喔，所以你對他以外的人做過？比方說『勒索』或『去買麵包』或『跳兩下看看』這樣？」

「請別問了，這是往事。」

志木輕易承認年少輕狂的部分罪過。「不過，這種事不構成至今還怕我的理由，畢竟彼此都長大了……唔，危險！」

一名年輕人忽然從人行道衝到他們車子前方，志木猛踩煞車，副駕駛座的砂川警部腦袋如同喝水鳥前後晃動。

年輕人戴著棒球帽與墨鏡，是賽車場常見的打扮，看他嚇破膽愣在原地的樣子，應該不是想自殺。

一名不起眼的西裝中年男性，停在旁邊的車子（是雷諾！）後方一個箭步衝出來，立刻將年輕人拉回人行道。

「嘖，那小子瞎了眼睛走路嗎？渾蛋，急著想被我撞死投胎？」

「……」

志木性情大變放聲怪叫，砂川警部只有默默看著他。

「啊，不，剛才那是……」

「知道了，我清楚知道你曾經為非作歹。」砂川警部逕自斷定。「我知道了，所以志木，你別再生氣，冷靜看著前方開車吧，刑警開車撞到人會出問題。」

「是的，那當然。剛才只是因為警部挖我做過的壞事出來講，我才有點激動。」

「所以在怪我？」砂川警部從副駕駛座狠狠投以銳利的視線。

「不，並不是這個意思……」

「總之這個話題暫時到這裡，茂呂耕作昨晚看到什麼嚇了一跳？是否和紺野由紀命案有關？這種事只要見到茂呂耕作本人問清楚就好。」

「說得也是。」

志木也完全認同砂川警部這番話，再度專心開車。

然而不用說，兩名刑警隨後就體認到，他們永遠無法直接從茂呂口中得知真相，因為他們抵達白波莊之後，在四號房浴室發現茂呂耕作的屍體。

9

戶村流平與鵜飼杜夫兩人，悠然向提供寶貴情報的二宮朱美道謝並離開白波莊，如果朱美悄悄跟在離去的兩人身後，肯定會目睹奇妙的光景。

因為直到剛才自稱「刑警」的兩人，離開白波莊就忽然微微低頭，腳步慌張又匆忙，而且頻頻張望四周。

與其說是刑警，很明顯更像是通緝犯。

但他們會這樣也在所難免，原本不惜冒險前往案發現場，提出「內出血密室論」這種煞有其事的假設，以為順利解開密室之謎，二宮朱美卻在這時候提供這種證詞，流平不在話下，鵜飼也完全失去剛才充滿自信的神情。

「鵜飼先生，這到底是怎麼回事？她的證詞沒辦法以內出血密室解釋吧？」

快步走在人行道的流平批判偵探。

「晚點再想，總之先上車，這附近很危險，或許會在某處遇到警察。」

「明明是你帶我來的……」

「唔……」

鵜飼聽到這種話當然不是滋味，但還是甘願沉默不語，果然是因為理論被推翻覺得很丟臉吧。不過從現場那種狀況來看，即使是老掉牙的理論，解釋為內出血密室果然比較符合正統推理，這是基於本能的推論，而且鵜飼對自己的觀點有自信。實際上，鵜飼「至今還無法相信」的心態依然濃縮掛在他悵然的臉上。

「再整理一次好好思考吧。」

鵜飼一坐進駕駛座，就向副駕駛座的流平如此提議，流平當然沒異議，兩人就這麼在靜止的車上討論。

「你和茂呂耕作，從晚間七點半到十點一起收看『殺戮之館』。」

「對。」

「推測凶手是在你們看電影的時候入侵四號房，玄關門大概沒上鎖。」

「請等一下，為什麼可以斷定我們看電影的時候有人入侵？」

「本來就是這樣啊？剛才那個女生……叫什麼名字？」

「二宮朱美。」

「對對對，依照二宮朱美的證詞，她從晚間十點就一直在白波莊門口修機車，在十點多和前往花岡酒店購物的茂呂耕作打招呼，十五分鐘後再度看見返家的茂呂耕作。除此之外沒看到其他人，所以凶手只可能在晚間十點前入侵四號房吧？」

「是的……不過實際行凶時間是晚間十點半之後，依照二宮朱美的證詞，很可能是十點三十五分，也就是說凶手十點前就成功入侵四號房，卻等了三十多分鐘才行凶？」

「應該是這樣。」

「這凶手真有耐心。」

「或許是個優柔寡斷的傢伙。」

「優柔寡斷的凶手，會在半夜持刀跑到別人家裡？」

「或許是優柔寡斷又膽大包天的凶手。」

「這是怎樣的凶手？我無法想像。」

「我也不知道，或許是優柔寡斷又膽大包天，而且前所未見的罕見人種……」

「先別討論這種事。」流平終究不想繼續附和。「總之我明白了，就當成凶手在十點前入侵，而且當時玄關沒上鎖吧。」

「嗯，這麼一來，問題就在於如何逃走。茂呂耕作在晚間十點十五分從花岡酒店返家，你與二宮朱美都證實這一點，所以肯定沒錯。後來茂呂耕作與你暫時飲酒聊天一陣子，再離開家庭劇院準備洗澡，這時候是十點半左右，最後茂呂耕作在洗澡前遇刺身亡，從這一點可以推測茂呂耕作走出家庭劇院就遇刺，二宮朱美所說『浴室在晚間十點三十五分發出很大的聲響』可以證實這一點，所以應該是在晚間十點半到三十五分之間行凶。」

「我也這麼認為。」

「另一方面，還要處理玄關門鏈從內側上鎖的密室之謎，能夠說明這種狀況的理論，只有之前提到的『內出血密室論』。」

「換句話說，凶手逃走之後，遇害的茂呂先生忍痛自己上鎖然後死亡。」

「對，這麼一來，假設茂呂耕作在晚間十點三十五分死亡，凶手在這之前從玄關逃離。」

「可是二宮朱美說她沒看到人影啊？」

「對。」

「不只如此，她說一直到晚間十一點半，都沒有任何人出入外門。」

「真遺憾，『內出血密室論』被推翻了～」

「請不要這麼輕易推翻自己的推論，明明剛才還說只有這種可能……」

「剛才是剛才，現在是現在。二宮朱美的證詞推翻了一切，你剛才也質疑十點前就入侵的凶手居然耐心等到十點半才行凶，我認為一點都沒錯，而且逃走時間也很奇怪……如果凶手要避開二宮朱美的耳目逃走，就非得在行凶的四號房等到十一點半以後，這種做法同樣太有耐心，何況凶手為什麼必須避人耳目到這種程度？凶手不希望長相被看到的話，明明有很多方式可以遮掩啊？」

「說得也是。」

「我們儘可能讓步，假設凶手等到晚間十一點半之後，也就是二宮朱美修完機車離開門口才逃走，那麼玄關的門鏈到底是誰鎖的？茂呂耕作早就成為冰冷屍體，你則是直到隔天早上都沒碰過門鏈，難道門鏈自己從內側鎖上？」

「應該不可能吧？」
「當然不可能。」
「那到底是怎麼回事？」
「唯一的結論是……」
「結論是？」
「凶手就是你。」
「你當真？」流平懷著真的要打下去的念頭，握拳等待答覆。
「不，我只是覺得這樣比較輕鬆，因為這齣推理戲碼會在這一瞬間結束。」
可不能讓他如此輕鬆，流平出拳打向鵜飼（不過力道很輕）。
密室之謎不只未解，還更加撲朔迷離，流平認為這樣下去不會有頭緒，終於拿出至今不知為何幾乎沒提及的重要事項當話題。
「話說鵜飼先生……」流平呼喚坐在駕駛座摸頭的偵探。「你覺得昨晚紺野由紀遇害的案件，是否和茂呂先生遇刺的案件有關？」
鵜飼忽然抬頭，以右手輕拍方向盤。
「對喔，還有這種可能，你至今吵著說密室的問題，害我不禁只注意這件事。或許你說的沒錯，問題不在密室，你身邊兩個重要人物在同一天晚上離奇死亡，這才是最重要的問題，嗯，確實比密室嚴重，從這方面調查，或許出乎意料更容易解謎。」

「所以鵜飼先生認為兩人的死有關？」

「一般都會這樣認為吧，很難想像這是巧合。如果只是同一天晚上喪命就算了，但白波莊與高野公寓只隔一座幸町公園，路程不到一分鐘。」

「所以是同一個凶手連續殺害兩人？」

「有這個可能。」

「我不相信。」流平不得不反對。「茂呂先生與紺野由紀除了同樣認識我，完全沒有其他的交集，我想他們連面都沒見過。那麼殺害紺野由紀的凶手，到底為什麼要在同一天晚上殺害茂呂先生？我完全猜不出凶手的動機。」

「這部分我不清楚……但是，我不認為茂呂耕作與紺野由紀完全無關。」

「他們有什麼關係？」

「你不是也提過嗎？茂呂耕作昨晚去花岡酒店買東西的時候，看見紺野由紀的命案現場。」

「他只是加入圍觀群眾湊熱鬧而已。」

「或許如此，但我認為這是很重要的接點，說不定真凶就躲在圍觀群眾裡吧？進一步發揮想像力，或許茂呂耕作在圍觀群眾裡發現某種關鍵，比方說現場有某個不應該出現的人，或是不應該出現的物品。」

「基於這個原因，才會忽然成為凶手的目標？」

完全無關的人，湊巧目擊重要的一瞬間，因而成為凶手的下手目標；這種進展在連續殺人案常見到氾濫，沒智慧的偵探最容易朝這種方向推論，鵜飼也不例外。

「也可以這麼推論，機率不大，卻不是完全不可能，你不認為嗎？」

「是啦，確實有可能……」

「好，事不宜遲開始調查吧。重點在於茂呂耕作在高野公寓前面看到什麼，或者是沒看到什麼，我們先去花岡酒店打聽情報。」

警察在高野公寓附近出沒的機率很高，把車子停在花岡酒店門口，可能會違規停車被開單，因此兩人決定用走的。

兩人再度下車要走到花岡酒店，在這個時候……

「唔哇！」

一下車就想過馬路的流平，差點被行駛經過的車輛撞到，鵜飼連忙將流平拉回人行道。緊急煞車的駕駛在車裡如同凶神惡煞怒吼，不過副駕駛座的中年男性只講幾句話，駕駛就忽然安分下來，在下一瞬間若無其事開車離去。

「啊～嚇我一跳，我還以為會被撞死。」

流平說出真心話，剛才真的就各方面都是驚險一瞬間，但流平這時候還沒察覺降臨在身上的是何種危機，鵜飼當然也一樣。

「喂，小心一點啊，你萬一被車禍波及就等於當場出局，警方現在肯定正拚命尋找戶村流平的下落。」

兩人就這樣踏出腳步，沒察覺「拚命的警方」剛才就從眼前經過。不過換個方式來說，不知情比較幸福。

10

正如預料，一輛警車停在高野公寓前面，卻沒看見身穿制服的巡警。或許站在人行道吞雲吐霧，乍看只是上班族的西裝男性其實是刑警，但要是抱持這種想法，所有路人看起來都像刑警。

流平盡量避免注意四周，兩人沒有東張西望，直接進入花岡酒店。

店裡微暗而且沒有客人，幾乎處於開店歇業狀態，對兩人來說剛剛好，對鵜飼尤其是求之不得。他事不宜遲將那本黑皮封面的「開運手冊」遞到店長面前，而且同樣奏效，這本手冊真的是走到哪裡都開運。

「哎呀哎呀，兩位辛苦了。」

店長恭敬鞠躬致意，但不知為何看起來像是對手冊低頭，這就是所謂的公權力？流平嘗到不可思議的感覺。

「我們想打聽幾件事，方便吧？」
「是的是的，請儘管問。」
店長是花岡良二，現年五十三歲，臉色紅潤，就像是配合酒店店長的身分在白天就喝了小酒，氣色看起來很好，不過有點福泰，是一名不適合激烈運動的典型中年男性，這就是流平對他的第一印象。
「距離這裡一分鐘的路程，有一間叫做白波莊的老公寓吧？那裡住著一名叫做茂呂耕作的男性，你認識嗎？他大約二十五歲，戴眼鏡，應該偶爾會來這裡買東西。」
「是的是的，我當然知道，他是本店的熟客。」
「他常來？」
「是的是的，他不到三天就會來一次。」
「這樣啊？」
「是的是的。」
「老闆，『是的』講一次就好。」
「是……是的！」
花岡良二高八度回應，背脊挺得筆直，要是他得知刑警身分是假的，不曉得會生氣到何種程度。鵜飼的所作所為總是傾向於過度又過火，流平有些擔心。
「那麼，他最近是什麼時候來光顧？」

「是的，就在昨晚。」

「咦，你說什麼？」鵜飼再度有點裝模作樣拉高音量。「你說昨晚？茂呂耕作昨晚來過這間店？大約幾點？」

「我想想……」花岡首度不是以「是的」回應。「記得是對街公寓發生狀況之後……對對對，我想起來了，大概是晚間十點出頭，收音機播放十點的音樂節目不久，他就來光顧了。」

「購物的時候和往常一樣？」

「是的，和平常沒什麼變，買了酒、氣泡酒與幾樣下酒菜……」

「用現金付帳？」

加入一些不重要的詢問，是偵探特有的手法。

「是的，託您的福。」

「聊過什麼話題嗎？」

「沒有聊很久，當時對街公寓發生狀況，警車與看熱鬧的人圍成一大圈，我們稍微對此聊了一下。」

「可以講得具體一點嗎？當時你們聊了什麼？」

「是的，我想想……」花岡看向遠方搜尋記憶。「記得剛開始是茂呂先生問到『那裡好多人，到底發生什麼事』，我回答『聽說是跳樓自殺』。」

「嗯，然後？」

「是的，然後……不，記得就只有這樣。」

「只有這樣？什麼嘛，還真的只聊一下，後來就什麼都沒說？」

「是的，什麼都沒說，他說聲『先走了，謝啦』就離開，只有這樣。」

「這樣啊，唔……」鵜飼輕哼一聲，似乎想不到下一個問題。

「請問……」花岡良二以詫異的表情詢問。「請問茂呂先生怎麼了？記得在高野公寓遇害的是女大學生吧？」

「請別多問。」鵜飼斷然回應。

其實這是假刑警最害怕的問題，就算這麼說，要是示弱會更令人起疑，必須以強硬的態度瞞騙下去。偵探似乎精通這方面的訣竅，這種做法很高明，只是對心臟不太好。

「順便補充一下，本次造訪是搜查過程的重要機密，請勿貿然洩漏，明白吧？」

「這這……這是當然的，刑警先生。」

花岡良二面對公權力毫無招架之力，是假刑警最樂見的類型。

「話說回來，茂呂耕作離開這間店就直接回家嗎？這你是否曉得？」

「不，就我所見，他離開之後直接走向圍觀的群眾，總覺得他假裝對跳樓自殺沒興趣卻還是很好奇，我有點意外。」

「嗯嗯，原來如此，那他是否有和圍觀群眾的某人見面或說話？」
「有，有說話。」
「什麼？他和誰說話？」
「我只有遠遠看到，不過應該是『高麗軒』的老闆，『高麗軒』是開在旁邊的拉麵店。」
「拉麵店啊……嗯……」
大幅影響到命案調查的關鍵人物如果是這種人，未免也太平凡了，鵜飼這句話隱約透露這種心態。
總之，在追查茂呂耕作昨晚行動的過程中，即使對方是拉麵店或是榻榻米店也不能抱怨，兩名假刑警向花岡酒店店長道謝之後離開。「高麗軒」的華麗招牌掛在同一條路直走第三間，從店名推測應該是主打韓式拉麵，現身的店長看起來就正經八百，年紀大概三十出頭，流平擅自想像他是脫離上班族生活之後開拉麵店直到現在。
「松永文雄，三十三歲，兩年前從公司離職，開了現在這間店。」
店長一板一眼自我介紹，流平的推測正確得恐怖，令他遺憾沒有獎品或獎金。
「抱歉百忙之中打擾了，要請你回答幾個問題。」
「是的，請說。」
松永文雄的「是的」聽起來很俐落，而且當然只說一次。

「剛才聽那邊花岡酒店的店長說，昨晚高野公寓發生狀況的時候，你也是現場圍觀的群眾之一。」

「對，我確實在場，當時正好要打烊，記得我在晚上十點過去看了十分鐘左右，所以怎麼了？」

「當時是否和哪個認識的人交談？」

「當時看熱鬧的人們，我認識好幾個，不過只和一個人說過話。」

「喔，這個人是誰？」暗藏期待的鵜飼隨口詢問。

「茂呂先生，本店的熟客。」

「很好。」正如期待的答覆，令鵜飼放鬆表情。「我想打聽一下茂呂這個人……你們當時聊過什麼？」

「沒聊什麼，記得他說『死了嗎？好可憐……』，我則是回答『好像是』。」

「嗯，然後？」

「就這樣。」

「就這樣……只聊這些？」逐漸膨脹的期待心情瞬間萎縮。

「啊，對了，後來發生一件有點奇怪的事。」

忽然間，萎縮的期待心情再度膨脹。

「什麼奇怪的事？」

「不，就算您問我是什麼事，我也不太清楚。記得茂呂先生當時臉色忽然大變，看起來像是受到極度驚嚇，或是看到某種天大的東西。」

「咦，真……真的嗎！」

鵜飼與流平單方面的期待，在這一瞬間轉換成確信，茂呂耕作昨晚果然在高野公寓前面看見某種東西。

「所……所以他為什麼嚇到？他看到什麼東西嚇了一跳？請告訴我，拜託。」

「這個嘛，我也不太清楚。」

「這部分請盡量回想一下，他看見某個出乎意料的人物？還是發現稀奇的東西？我想知道這件事。」

「這個嘛，就算您這麼問……」

「拜託一下啦！」

「那個……刑警先生。」

松永文雄忽然朝鵜飼投以詫異的視線。

「是，有什麼事？」

「刑警先生，您的語氣好像和剛才不一樣？為什麼忽然變客氣？明明直到剛才都是高姿態……」

「咦！……啊，啊哇哇……」

鵜飼受到出乎意料的指摘大吃一驚，聽他這麼說就發現確實如此，鵜飼直到剛才都展現傲慢態度，巧妙飾演著「七種刑警的第四種」，但是一聽到重要證詞就忘記演戲恢復本性，人類只要過度開心就不會有好事。

鵜飼臉上失去從容的神情，冷汗相對浮上額頭，就在面臨天大危機的這時候……

「咦？」流平輕聲驚叫。「那個警笛聲是怎麼回事？」

用不著專注聆聽，響亮的警笛聲從極近的地點傳來，而且不是消防車的警笛聲，鵜飼抓住這個機會恢復為刑警個性。

「嗯，看來這附近出了狀況。喂，竹下刑警，我們也過去看看。」

「竹……竹下？」對喔，流平忘記自己現在是竹下刑警。「啊，好的，警部，就這麼辦吧。」

流平也配合作戲，基於各種意義，他們必須立刻離開這裡，兩人在這種時候莫名有默契。

「那麼店長，我們就問到這裡，感謝你協助搜查，告辭。」

鵜飼隨口道謝之後，側目看向愣在原地的店長，帶著流平離開高麗軒。

「啊～千鈞一髮。」鵜飼以手掌擦拭冷汗。「那個男的很敏銳，看來那裡不是普通的拉麵店。」

「只是普通的拉麵店啦！」流平快步前進。「不過那個警笛聲是怎麼回事？」

「總之回車上吧。」鵜飼筆直看著前方回答。「唯一能確定的是附近有警車。」

流平抱持無奈的煩悶心情繼續行走，警笛聲越來越近。兩人上車之後，總之必須先離開這裡，因此漫無目標依照速限緩慢開車，其實他們很想猛踩油門逃走，但是擔心這樣反而會讓警車起疑。

途中，正要經過白波莊前面的時候，鵜飼發出緊張的聲音。

「看，果然沒錯。」鵜飼咂嘴輕拍方向盤。「浴室的屍體似乎被發現了，出乎意料地早，原本我以為能再撐一晚。」

流平聽到這番話也看向車窗外，剛才向二宮朱美打聽情報的停車場，如今停著數輛警車，紅色警燈快速旋轉，看得見身穿制服的警員以及像是便服刑警的男性，周圍早早就有群眾圍成人牆看熱鬧。

鵜飼與流平的車，以躡手躡腳般的緩慢速度，靜靜從前方通過。

11

那麼，倒在白波莊四號房浴室的離奇屍體，是基於何種過程被警方發現？接下來必須說明這件事。發現屍體當然是兩名刑警的功勞……雖然很想這麼說，但嚴格來說是二宮朱美的功勞，過程如下所述。

砂川警部與志木刑警兩人，沒有察覺剛才差點撞死他們遍尋不著的戶村流平，順利抵達白波莊，建築名稱和外觀相差甚遠，砂川警部立刻述說感想。

「什麼嘛，這雜院真髒亂，和我想像的不一樣。」

他說得毫不忌憚。

志木則是覺得他形容成雜院頗為中肯。

不提這個，開車抵達這裡的兩名刑警，當然把車子停在白波莊停車場的空位。一名年輕女性忙著修理故障的機車，但他們暫時不理會，筆直前往四號房。

兩人按了好幾次玄關門鈴，當然沒人回應，但是茂呂耕作很可能藏匿戶村流平，只有這次不能因為沒回應就放棄。

就算這麼說，兩人沒有搜索票，現在也並非緊急狀況，所以不能貿然闖入。無計可施的砂川警部，以像是打發時間的輕鬆態度找人偵訊，對象當然是湊巧在附近的女性——二宮朱美。

就刑警的立場，這種做法很正確；就朱美的立場，這是她今天第二次被自稱「刑警」的兩人組問話，難免覺得事有蹊蹺。

她的表情與言行明顯表露出質疑心態。

「你們真的是刑警？」

被如此詢問的砂川警部說聲「當然」並取出手冊，原本以為這樣就不會抱怨，但她出乎意料疑心病很重。

「這是真貨？怪怪的，借我看一下。」

她說完一把搶過手冊翻開檢視。

「哎呀，刑警先生，你的字好潦草。」

「唔哇，別看啦！」

「哼，我又看不懂。」

二宮朱美毫不客氣回應之後扔還手冊。

「那麼，剛才那兩位刑警是你們的同事？為什麼接連有刑警過來？這間公寓發生什麼事？」

不用說，這兩名刑警嚇了一跳，剛開始以為其他警官以不同線索找到這間白波莊，但似乎並非如此，因此他們詢問另外兩人的特徵。

「一個叫做中村，大概四十多歲的中年男性，身穿平凡西裝，戴著老土眼鏡與鴨舌帽，另一個是戴著棒球帽與墨鏡的年輕男性。」

「戴著棒球帽與墨鏡的刑警？哪個刑警會穿成這樣？」

志木忘記自己昨天的穿著而如此低語，而且對棒球帽加墨鏡的打扮有印象，但是這時候的志木沒有深入思考。

「那麼，他們問了妳什麼問題？」

二宮朱美含糊回答砂川警部。
「這個嘛，我記得不是很清楚，他們說正在調查高野公寓墜樓命案，卻經常聊到四號房的茂呂先生，問我昨晚十點半左右是否有人進出四號房……類似這種問題，但我不知道他們的用意。」
砂川警部與志木刑警也不知道問這種問題的用意，但是比起詢問細節，他們想先知道另一件事，志木開口詢問。
「知道四號房的茂呂耕作先生在哪裡嗎？剛才按門鈴沒有回應，但我們希望至少知道他出門還是在家。」
「哎呀，這種事很簡單，進去看看不就一清二楚了？」
砂川警部一副無可奈何的樣子，搖頭看向旁邊，所以才拿外行人沒辦法——微駝的背部如此嘆息。
「這種事說來簡單……」志木刑警板著臉解釋。「但是以我們刑警的立場，沒有搜索票就不能擅自闖入別人家，世間對這種事很計較，妳應該明白吧？」
「既然這樣，我幫你們進去看看？」
「咦！這……不，可是……警部，不行吧？」
「唔～是啊……門應該有上鎖。」
兩人即使出言否定，卻明顯暗自抱持期待，察覺到他們內心糾葛的朱美繼續說道。

「哎呀，上鎖沒什麼大不了的，我有備用鑰匙。」

「……咦，備用鑰匙？」「妳怎麼有鑰匙？」

年輕女性在詫異的兩名刑警面前挺胸。

「因為我是這裡的房東，別看我這樣，我可是有錢人家的大小姐。」

「咦，這裡的房東！」砂川警部如此覆誦。「妳是房東？」

「對，還是應該形容為『髒亂雜院的屋主』？」

「………」

自稱有錢人家大小姐的她，斜眼看著語塞的兩名刑警後返家一趟，拎著一串鑰匙回來，證明她確實是房東。接著她立刻前往四號房按三、四次門鈴，確定無人回應之後握住門把，卻在這時候驚呼一聲。

「咦，什麼嘛，根本沒上鎖啊，好蠢。」

門把輕易可以轉動，朱美毫不猶豫打開大門朝室內大喊。

「茂呂先生~我是房東二宮~！我要進去囉~可以吧~打擾了~！」

她一邊喊一邊脫鞋入內，她自稱大小姐，舉止卻毫無高貴典雅的氣息。砂川警部與志木刑警對她的大膽行徑有點不敢領教，但還是心懷感謝默默在門口等待。一陣子之後，在室內房間繞一圈的朱美再度回到走廊，以雙手向前比個叉。

「沒人，看來果然不在……啊，等一下，浴室門開著。」

拉門後面是淒慘無比的光景，但要朱美這時候預測這種事實在殘忍，兩名刑警當然也沒感覺到任何危險，只是靜待她的反應。

聰明的讀者們肯定預料到接下來的進展，實際上也沒有背叛各位的預料。

朱美離開刑警們目光的幾秒後，裂帛般的尖叫聲忽然響起，甚至傳到門口。砂川警部與志木瞬間轉頭相視，接著爭先恐後衝進室內，穿越走廊進入更衣間一看，直到剛才神采奕奕的二宮朱美蹲著發抖，並且默默指向浴室，刑警們順著移動目光，發現瓷磚地板躺著一具二十多歲的男性屍體。

「這到底……」過度驚愕的事態令志木啞口無言。

砂川警部則是冷靜詢問失魂落魄的朱美。

「這位就是茂呂耕作先生？」

「沒……沒錯……」朱美光是沙啞回答就已經沒有力氣了。

數分鐘後，警車與圍觀群眾將白波莊周邊擠得鬧哄哄，志木率直心想，雖然分別是白天與晚上，不過昨天與今天都看見類似的光景。

抱持這種想法的志木刑警從公寓眺望馬路時，一輛雷諾汽車從他視線一隅緩緩行駛而過，但他當然絲毫沒注意。

總歸來說，兩名刑警拚命尋找戶村流平的下落，卻總是錯失良機。

按照慣例，刑警們在鑑識工作結束前不得留在現場，砂川警部與志木刑警在好奇心唆使之下進入家庭劇院。

「不得了，這房間真誇張。」砂川警部踏入這個特殊空間就立刻讚嘆。「專屬電影院啊，原來如此，桑田一樹說的沒錯，戶村流平偶爾會到茂呂耕作家看電影。」

「似乎如此。」志木看著牆邊櫃子並排的影帶標籤點頭回應。「而且戶村昨晚也帶一捲影帶前來，和茂呂耕作一起在這個房間看電影……警部，可以這樣推論吧？」

「呼哈哈哈哈哈哈！」

「我說的哪裡好笑嗎？」志木露出詫異的表情。「而且您似乎是假裝在笑。」

「呼哈……我不是假裝在笑，只是因為好笑而笑。哼哼，志木刑警，你太天真了！」

「您的意思是？」

「戶村流平昨晚和茂呂耕作一起看電影，只不過是瞎掰的障眼法，是戶村造假的不在場證明。」

「造假的不在場證明？為什麼要造假？」

「那還用說，當然是為了殺害紺野由紀！」

砂川警部的聲音在狹窄空間漂亮形成回音，砂川警部不太好聽的聲音變得稍微悅耳，不得不說這裡的音響效果非常好。

「是為了殺害紺野由紀！」

砂川警部愉快地再講一次，心情變得更好。

「原來如此，我明白警部的想法了，換句話說，戶村昨晚決定在高野公寓殺害拋棄他的紺野由紀，但要是只有行凶，自己很明顯會成為嫌犯，最好是製造假的不在場證明擺脫嫌疑，因此戶村請身邊的人當共犯，這個人就是茂呂耕作。」

「一點都沒錯，戶村前往影帶出租店『ATOM』，當著桑田一樹的面租『殺戮之館』，讓人覺得他當晚就要和茂呂耕作一起看，實際上卻非如此。戶村昨晚九點四十二分於高野公寓殺害紺野由紀，等到我們循線找到他，他大概想對我們說：『刑警先生，我不是凶手，因為我當時在學長茂呂先生家和他一起看電影，覺得我說謊請去問茂呂先生』這樣。」

「茂呂耕作當然預先和戶村串供，例如『刑警先生，我當時確實和戶村學弟一起看電影，他不可能是凶手』之類的。」

「差不多就是這樣。」

「那麼，為什麼連茂呂耕作都要殺？」

「這種事大致推測得到，應該是戶村流平的犯罪計畫受挫，這也在所難免，畢竟是攸關人命的問題，到了緊要關頭總是會相互猜忌。」

「也就是共犯決裂？」

「嗯，這部分應該沒錯，雖然不知道是什麼原因，但共犯茂呂耕作忽然反悔，宣稱要向警方說出所有真相……」

「也可能是主謀戶村流平無法全盤相信茂呂。」

「沒錯，說不定茂呂耕作抓到戶村流平最大把柄之後，忽然從共犯轉為恐嚇威脅，總之有各種可能。無論如何，共犯可不是嘴裡說說這麼簡單，這層關係一旦瓦解，接下來拚個你死我活也不奇怪。」

「說得也是，不過請等一下，我還有一個疑問。」

「什麼疑問？」

「我們剛才在車上聊到，茂呂耕作在晚間十點多，特地來到高野公寓附近。」

「啊，你提過湊巧目擊到他。」

「是的，假設茂呂是戶村流平的共犯，為什麼會在那天晚上十點出現在高野公寓前面？他知道警方已經接獲報案抵達現場吧？」

「這沒什麼好訝異的，不是有人說過『凶手會回到現場』嗎？戶村流平犯下殺人案之後，當然會在意現場狀況。但是實際上，他不願意自己再度回到現場，所以委託共犯茂呂耕作假裝看熱鬧前去觀察，應該就是這樣吧？嗯，或許茂呂耕作目睹現場的混亂與員警人數之後，才察覺事情的嚴重性，怕得一回到白波莊就反悔要解除共犯關係……」

「原來如此，所以戶村殺害這個不可靠的共犯逃亡？」

「以這種方式解釋，一切都說得通吧？」

不，志木認為這樣沒有說明一切，昨晚茂呂耕作在現場附近，瞬間露出像是驚愕又像是恐懼的表情，那一幕一直烙印在志木腦海，那張表情究竟代表何種意義？志木覺得那不只是「察覺事情的嚴重性」的程度，必須是受到更強烈的衝擊，表情才會產生那種變化。

但是志木有所顧慮，不想提出這個質疑，畢竟砂川警部的推論頗為合理，而且志木的這份質疑，只不過是基於他自己的直覺。

無論如何，戶村流平毫無疑問就是凶手，既然這樣就不用在意其他事，多嘴只會壞了砂川警部的心情，對志木來說也不太妙。

「這麼一來，戶村流平終於成為殺害紺野由紀與茂呂耕作的連續殺人犯，而且在同一天晚上接連殺害一男一女，所以是心狠手辣的殺人魔，必須盡快逮捕，否則可能再度有人犧牲。」

「也對，但問題在於戶村逃到哪裡……啊！」

「警部，怎麼了？」

「我差點忘了，二宮朱美剛才不就提到嗎？有兩個男性自稱刑警，向她打聽四號房的各種情報。」

「啊啊，確實沒錯，記得一個是身穿平凡西裝，戴著老土眼鏡與鴨舌帽的四十歲男性，另一個是戴棒球帽與墨鏡的年輕男性。」

「對，重點在那個戴棒球帽與墨鏡的年輕男性，志木，你忘了嗎？有個年輕人剛才在我們前面經過，他就戴著棒球帽與墨鏡。」

「咦，不會吧……」志木露出不敢置信的表情抬起頭。「您是說我剛才差點撞到的那個人？」

「對，就是他。這麼說來，記得和他在一起的，就是身穿平凡西裝的中年人，當時只有看一眼，而且只是迎頭碰上所以沒特別注意，但應該沒錯。」

「聽您這麼說，就覺得那兩人是假刑警，但他們假扮成刑警來現場有何意義？」

「沒什麼，很簡單，這也是『凶手會回到現場』，肯定是因為他們成功逃亡卻有所掛念回到現場，可能是要清除遺留物品或指紋。」

「說到清除，凶手或許是想解決不利的目擊者或證人。」

「嗯，很有可能，殺人犯會不惜繼續殺人，掩蓋先前的殺人罪行，那兩個傢伙肯定是凶手。」

「所以其中一人是戸村流平？」

「對，依照年齡，那個不自然戴著棒球帽的年輕人，絕對是變裝的戸村流平。」

「和他在一起的四十多歲中年男性是誰？」

「穿西裝的四十歲男性，只有這些情報無法判斷對方身分。可惡，早知如此，當時應該多觀察那兩人的長相。」

「說得也是，啊，不過警部，我記得那兩人搭的車，因為那輛車很稀奇，記得是雷諾，雷諾LUTECIA的中型車款……嗯，請等我一下，那輛車，我總覺得……好像在哪裡……看過……」

「喂，志木，怎麼了？」砂川警部搭著志木的肩擔心詢問。「電池沒電？」

志木瞪了砂川警部一眼，又不是玩具兵。

「不，不是那樣，我在想那兩人坐的車，那輛車確實是雷諾，但我好像在不久之前，在某處看過同樣的車，我想想……」

志木思考許久之後，終於輕敲手心。

「知道了！我想起來了，是鵜飼杜夫，他事務所大樓旁邊的停車場有一輛進口車，那輛車就是雷諾。警部，這不是巧合，這座城市不可能有好幾輛那種車。」

戶村流平與神祕中年男性一起以雷諾代步在街上閒晃，另一方面，戶村前姊夫鵜飼杜夫的事務所停車場也有一輛雷諾，沒把這兩件事聯想在一起反而不自然。

「好，我懂了。」砂川警部反覆點頭。「和戶村流平共同行動的中年男性是鵜飼杜夫，不，等一下，記得那個傢伙年紀是三十出頭……」

「是變裝，光是臉部上妝就可以老個十歲，他還以眼鏡與鴨舌帽刻意營造中年氣息，那個人肯定是鵜飼。」

「嗯，原來如此，那個傢伙剛才明明在我們面前假裝一無所知，實際上卻和戶村共同行動，簡直胡鬧。」

「一點都沒錯。」志木一副非常遺憾的樣子。「既然這樣，早知道剛才應該直接撞上去。」

「不，這樣不太妙吧？」

「我會控制在不出人命的程度。」

「那就好……下次見到要記得撞啊。」

無人旁聽的輕鬆氣氛，使得對話逐漸偏激，這番話當然有一半是開玩笑，但或許一半是當真的。在這個時候，就像是這段輕率對話遭到責備，家庭劇院的門用力開啟，一名身穿制服的巡查入內，仔細一看，是昨晚也共事的加藤巡查。

「砂川警部，鑑識班完成蒐證，請前往現場。」

加藤巡查以如同三角板測量過的角度敬禮，用清晰的口吻回報。

「收到，辛苦了。」

砂川警部的敬禮總是隨便又難看，這是他的特徵。

「話說加藤巡查。」

「有！」

「你沒聽到我們剛才的對話吧……沒事，沒聽到就好，那就去和屍體見面吧。」

12

總算被警方發現的茂呂耕作屍體，其狀況如今無須在這裡贅述。

昨晚戶村流平目睹之後嚇到昏倒的恐怖光景，原封不動位於刑警們面前，死亡時間當然超過半天，法醫在這方面做出精確的判斷。

「死亡時間推測是昨晚九點半到十一點半的兩小時之間，解剖或許能估算得更加精確，但大致是這個時段沒錯。」

「死因呢？」砂川警部提問。

「右側腹有細長刀刃的刺傷，此外沒有其他外傷，所以這是致命傷，直接的死因很可能是出血休克致死。」

「警部，這是遺留在現場的刀子。」

志木刑警拿出裝在塑膠袋的一把刀給砂川警部看，刀刃看起來薄而銳利，如同印證法醫的推測。

「可以認定這是凶器吧？」

砂川警部為求謹慎如此詢問。

「似乎和傷口一致。」

法醫秉持慎重態度如此回答，避免進一步明講，似乎是暗示法醫的工作不包括確認凶器。砂川警部試著從另一個角度詢問。

「醫生，這把扁平的刀子，是否和昨天遇害的紺野由紀背上傷口一致？這部分您看得出來嗎？」

「我沒辦法斷言。」法醫以此為開場白繼續說：「不過這名男性側腹的傷口，確實和昨晚女性背上的傷口類似，可能是相同凶器造成。」

法醫慎重迴避核心的話語，幾乎印證了砂川警部構思的案件全貌。

戶村流平手握一把刀，在高野公寓與白波莊浴室進行兩次凶行，感覺這幅光景歷歷在目的志木不禁打顫。

話說這種行凶手法很大膽，凶手如同炫耀般將凶器留在現場沒逃走，難道完全不想銷毀凶器？志木再度默默審視遺留在現場的染血刀子。

這把刀九成九是凶器，要是留有戶村流平的指紋就能成為物證。不過現今的殺人犯不會在凶器留下指紋，即使想追查來源，這把刀平凡得隨處可見，志木刑警認為很難期待從凶器找出凶手。

說到指紋，不只是浴室，包括起居室、廚房與家庭劇院，警方在各處採集指紋。但是在這裡發現戶村流平的指紋也無法成為線索，戶村是茂呂的學弟，室內有他的指紋也不奇怪，做這種事沒有用。

「要期待物證，不如期待目擊者。」砂川警部自言自語般說著。「戶村流平昨晚造訪這個住處，這只是從推理角度可以成立，畢竟影帶出租店的桑田一樹說過那種話，今天也有人目擊到疑似戶村與鵜飼杜夫的兩名男性，假扮刑警在公寓附近出沒。」

「是的，就是我們差點撞……更正，我們剛才見到的那兩個人。」

「嗯，所以只要有人目擊戶村流平昨晚造訪茂呂耕作的住處，就可以成為證據，尤其是昨晚九點半到十一點，最好有人在這段時間看見戶村離開現場。」

「有人在這段時間目擊嗎？」

「天曉得，總之期待剛才那位大小姐吧，她似乎還知道一些事。」

砂川警部與志木刑警，再度在起居室沙發和二宮朱美相對，朱美如今恢復血色，似乎已經從剛才的打擊振作起來，兩人立刻詢問她昨晚的行動，如願得到「在門口修機車」的回應。

刑警們認定她正是目擊者，當然士氣大振。

「我們想知道昨晚是否有人進出這間四號房，時間大概是……」

「晚間十點半左右吧？」

「唔……嗯，大概是這個時段。」被搶話的砂川警部稍顯動搖。「晚間九點半到十一點半，也可以形容成晚間十點半前後……妳怎麼知道我們想問什麼？」

「剛才那兩個刑警……咦，那是冒牌刑警？……他們問過相同的問題。」

「這樣啊，那妳怎麼回答？」

「我只看到茂呂先生，茂呂先生晚間十點出門，大約十五分鐘之後返家，除了他就沒看見別人。」

「對，我可以保證。」

「什麼，所以茂呂耕作在晚間十點十五分之前確實還活著？」

「那麼，推定死亡時間就可以縮小到晚間十點十五分到十一點半，這是很有用的情報。此外有看到或聽到什麼狀況嗎？」

「十點三十五分，我聽到四號房浴室發出很大的聲音，類似有人倒地。」

「什麼，十點三十五分在浴室……嗯～所以這就是茂呂耕作喪命的時間。」

「那兩個假刑警也說過同樣的話。請問一下，他們真的是假刑警？」

砂川警部正在專心思考，由志木代為回答。

「他們完全是冒牌刑警，或許是殺害茂呂先生的凶手，妳當時很危險。」

「為什麼危險？」

「換句話說，他們應該在尋找目擊者。這麼做當然不是為了找凶手，而是相反，他們這兩個凶手可能想先找到目擊者處理掉，藉以擺脫嫌疑。但妳只有聽到聲音沒看見凶手，對吧？」

「對，我沒看見。」

「所以妳活下來了。要是妳看見凶手，並且在他們面前作證，妳現在……」

「我現在？」

「或許已經這樣了。」

志木做出雙手掐自己脖子的動作，代表「妳可能已經像這樣被他們滅口」。只是二宮朱美似乎沒把事情看得這麼嚴重，她朝著志木毫無心機地捧腹大笑。

「真的？但他們看起來不像那麼壞啊？」

如果處於壓倒性不利立場的戶村流平聽到這句話，肯定會滿懷感激，但她這句寶貴的意見，不足以推翻志木刑警「戶村流平是心狠手辣連續殺人犯」這個先入為主的觀念。

「人不可貌相。」

志木出言反駁朱美的意見。

「哎呀，別看我這樣，我對自己看人的眼光有自信。」二宮朱美講得一副很遺憾的樣子。「刑警先生，你以前是不良少年吧？對吧？學生時代應該做過不少壞事，對吧，對吧？我說中了吧？」

很遺憾完全說中，因此志木刑警不知所措。

13

無論如何，如今刑警們的目標只有戶村流平一個人，無論屍體是一具或兩具，時間是上午或下午都一樣。

不過案情有一項很大的進展，就是幾乎可以確定鵜飼杜夫站在戶村流平那邊。上午造訪偵探事務所試探的時候，那個偵探表現得置身事外，但是果然有涉案。兩名刑警對此都是心有不甘，不過事實上，如今要找到戶村流平也簡單得多。

刑警們決定動用他們的老招數暨最終武器——埋伏，地點當然不是戶村流平家，而是鵜飼杜夫偵探事務所。

「他們會回來嗎？」

志木半信半疑，但砂川警部頗有自信。

「肯定會回來。總之你想想，先不提戶村流平，但鵜飼杜夫肯定沒想到警方在找他。他在我們造訪事務所的時候沒有漏口風，假扮刑警的時候用假名又變裝，而且不知道我們已經看穿他的變裝，所以鵜飼杜夫肯定認為自己還很安全，理所當然會回到自己的事務所，我們絕對不能看漏。」

兩人將車子停在人行道旁，直接在車上等。事務所所在的綜合大樓，從白天就只有屈指可數的人進出，生意似乎不興隆，等到傍晚較多人進出，分租的酒館應該會營業。

到了太陽西沉又經過數小時的晚間八點，一輛進口車從刑警們的車子旁邊經過，就這麼停放在停車場。

「警部，是雷諾，肯定是鵜飼杜夫！」

只有一名男性下車，是鵜飼杜夫無誤。兩名刑警確認之後同時衝到車外，在鵜飼從停車場走向綜合大樓入口時，從兩側包夾架住他。

鵜飼悠然應對，看起來沒受到太大的打擊。

「嗨，刑警先生，晚安。」

「晚……晚安……」

砂川警部被鵜飼的笑容引得打招呼回應，真有禮貌。「不，問候就免了，我們有事找你。」

「什麼事？」

「你明明知道，別裝傻，就是戶村流平的事。」

「哎呀，兩位還沒找到？嗯～看來他出乎意料難應付。」

「少胡說，我們知道你在包庇，說吧，戶村現在在哪裡？你把他藏在哪裡？」

「我不知道他的狀況，我上午也說過吧？」

「確實說過，那我問你，你下午為什麼和戶村流平一起出現在白波莊？啊？」

「那個人應該不是我，是很像我的某人。」

「不，就是你。」砂川警部強硬斷言。「我們親眼看見，所以肯定沒錯。」

「看見我？咦，我們在哪裡見過嗎？」

「你和一個年輕人一起出現在幸町公園附近，那個年輕人下車時差點被車撞吧？他就是戶村流平。」

「為、為什麼……」鵜飼終究還是感到訝異。

「下午差點撞到他的駕駛，就是這裡的志木刑警，我也在車上，當時你與戶村流平就在我們面前，一人穿著平凡西裝，正是你現在的穿著，另一人戴著棒球帽與墨鏡，車子是停車場那輛雷諾，這樣的兩人假扮成刑警，在白波莊向名為二宮朱美的女性打聽情報，你要怎麼解釋上述狀況？」

「不，可是……」

「不然也可以讓你戴上眼鏡與鴨舌帽去見二宮朱美一面。」

「唔～」鵜飼有所動搖卻依然頑強。「緘默權在這種時候也管用嗎？」

「如果你堅持裝蒜就沒辦法，和我們去署裡一趟吧。」

「我不想招惹麻煩事。」

「你的招牌可不是這麼寫。」

「我正覺得該收掉那塊招牌……」但鵜飼說到一半忽然變安分，似乎是認命了。

「明白了，我走，無論是警局或監獄，去哪裡我都奉陪，不過刑警先生……」
「什麼事？」
「這樣只會浪費時間。」
「沒關係。」砂川警部挺起胸膛。「我們時間多得是。」
這是警察的強項。

14

那麼，接下來得請最後一位重要人物登場，這名人物堪稱在這個故事扮演最重要的角色，身分卻極為特別。這個人是男性，但年齡不詳、居無定所、沒有固定職業，簡單來說，從他的生活形態，可以把他歸類為遊民或紙箱屋居民。

戶村流平即使正遭到警方追捕，原本依然是平凡學生，當然不可能和遊民有所交集，帶他去找遊民的人是鵜飼杜夫。

警方已經發現白波莊的茂呂命案，如今隨便找個藏身處一樣很危險，如此判斷的鵜飼硬是說服流平，將他帶來這裡。

這當然是鵜飼落入警方手中幾小時前的事。

鵜飼認為「橋下的紙箱屋」反而是「安全的藏身處」，實際上真是如此嗎？流平印象中認為遊民經常會被警方盯上，這樣反而可能更加危險。

「放心。」鵜飼按著胸口如此主張。「在警方的觀念裡，大學生的逃亡管道就是同學、家人、親戚、男女朋友或是老同學，所以這種地方反而是盲點。放心，警察不會把大學生和遊民聯想在一起，就像是西瓜與納豆、味噌與冰淇淋那樣。」

流平聽不懂這種譬喻，卻還是大致認同。我們不能挖苦他居然認同這種說法，畢竟流平成為紺野由紀命案的嫌疑犯，茂呂耕作的屍體又被警方發現，如今他的立場如同風中殘燭，不，應該說在颱風眼中央勉強燃燒的火苗。

即使他對鵜飼言聽計從，也不能以此責備。

鵜飼帶流平來到橫跨烏賊川的西幸橋，西幸橋是橫跨烏賊川的數座橋梁之一，和其他橋梁一樣，橋下成為遊民們的絕佳住所。

鵜飼安排流平來到橋墩，這裡有兩棟相鄰的紙箱屋（其實紙箱屋不能以「棟」為單位），鵜飼帶領流平造訪其中一棟。

鵜飼稱呼屋內的居民為金藏，這名男性簡直是親身實踐名字含義的榜樣。

幸好紙箱屋出乎意料寬敞，金藏本人也意外整潔（但實際程度可想而知），但他肯定很窮，就像是一輩子只能在夢裡打造藏金之處，這一點也能套用在流平身上。

待在屋裡非常不自在，即使難免沒椅子，但牆壁是紙板實在不方便，身體根本沒辦法靠牆，流平只得彆扭蜷縮在屋子中央。

另一方面，鵜飼悠閒得像是待在自己家，這兩人究竟是什麼關係？覺得可疑的流平，在金藏走到屋外時詢問偵探。

「那個叫做金藏的人，是我所信任的搭檔。」鵜飼如此回答。「總之，我至今不定期請他當助手辦事，他乍看邋遢其實很聰明，而且口風很緊，非常適合讓人避風頭，至少比起我的事務所或你的公寓，這裡絕對安全得多……喂～金藏～！」

鵜飼呼喚著屋外的金藏，留鬍鬚的晒黑臉孔進屋。

「大哥，什麼事？」

「這是他的『住宿費』，拿去吧。」鵜飼說完遞給金藏幾張紙鈔。「聽好了，絕對不能把這個人交給警方，但我覺得他們應該不會找到這裡。」

「大哥，交給我吧，既然是大哥的客人，我絕對不會亂來。」

金藏握拳輕敲胸膛，然後面向流平。

「原來如此，警察在追捕小哥啊，真可憐……」

流平得知自己被當成憐憫對象而備受打擊，警方確實在追捕他，但應該沒有悲慘到被無家可歸的遊民同情。

「警察在追捕我，但我沒有做壞事，這個問題總是有辦法解決。」

所謂的「有辦法」究竟是何種辦法？這部分流平自己也不清楚，何況他為什麼要到處逃竄？追根究柢思考就發現沒什麼明確理由，一切的開端在於茂呂耕作與紺野由紀的死，自己被密室之類的狀況波及，因為過於慌張而從命案現場逃離。流平再度後悔當時果然不應該那麼做。

然而事到如今，流平沒勇氣改變態度向警方投案。

「小哥，肚子餓嗎？我這裡有吃的。」

金藏或許是在關心，但流平只擔心金藏究竟想拿什麼東西給他吃。

「我沒食慾。」流平冷漠回絕。

「不用客氣啦。」金藏繼續邀請。

「對，不用客氣。」鵜飼也出聲附和。「實際上，金藏拿回來的東西都很好吃，只是不知道他拿回來的東西出自哪裡，這一點比較詭異。」

「……」

這是普通學生無法適應的社會。

「既然不餓，要不要喝點酒？」金藏似乎放棄勸流平吃東西。「我弄到好貨喔，還有下酒菜，難得有這個機會就喝一杯吧，比起自己喝，我們也喜歡找人一起喝，小哥你能喝吧？」

「喝酒？」

流平提高警覺，要是喝到奇怪的東西可不是鬧著玩的。他曾經聽說有人覺得只要是酒精都好，結果拿甲醇來喝造成悲劇，然而……

「來，你看，是清酒『清盛』喔，還沒拆封，所以放心吧。」

忽然出現在流平眼前的，正是清酒「清盛」的玻璃瓶，由於不久之前才見過，使得流平愣在原地，但是令他驚訝的不只這個。

金藏接著取出一個塑膠袋，從裡頭拿出烤米果、洋芋片、臘腸片、起司鱈魚條、開心果——有些拆封，有些未拆封，都是昨天酒宴見過的東西！

流平連忙確認塑膠袋的藍色文字，或許該說正如預料吧，上頭印著「花岡酒店」四個字，這是怎麼回事——流平歪過腦袋。

「哈哈哈，還以為是什麼……」鵜飼從旁打趣說：「原來是花岡酒店的塑膠袋，居然在意外的地方發現這東西。」

流平與鵜飼的想法相同，看來只有一種可能性。

今天早上，流平企圖逃離茂呂住處時，將酒與下酒菜收進花岡酒店的塑膠袋，扔在幸町公園的垃圾桶，自己扔掉的東西，入夜之後以這種形式再度出現在面前。

「喂，金藏，我來猜猜你從哪裡撿來這些酒與下酒菜吧？」

鵜飼說完之後，金藏沒有等他說出答案。

「這不是撿來的。」他這麼說。「是搬到旁邊的傢伙送的，就像是喬遷蕎麥麵那樣。」

鵜飼推測落空，似乎有點亂了步調。

「所以是那位鄰居從公園撿來的吧？」

「好像是……哼哼，世界真小。」鵜飼一副看好戲的模樣。「總之知道這一點就放心了，既然是來歷清楚的食物，你應該也不用怕，可以放心吃喝。就算還是擔心，只要挑沒拆封的來吃就好。」

「說得也是。」

鵜飼說著用力打開開心果包裝袋，遞到流平面前。

流平重振精神拿出兩三顆開心果，並且拿起金藏倒入紙杯的酒。

「那麼，為這奇妙的巧合乾杯吧。」

「乾杯……不過小哥，你說『巧合』是什麼意思？」

金藏詫異的表情，讓流平覺得很好笑。

「大哥也喝一杯吧，來。」

「不，我要開車，所以不用了。」

「咦！」流平驚呼一聲。「鵜飼先生，你要回去？」

「當然要回去，警察又沒在追捕我。」

這個時候的鵜飼，還沒想到自己早就被搜查人員鎖定。

「等……等一下，鵜飼先生！」流平像是纏著爸媽不放的孩子，抱住鵜飼的腰。

「你……你要丟下我一個人？這……這樣很過分吧！」

「不准說這種傻話，這麼髒……更正，這麼小的屋子哪能睡三個人？我要回事務所，一個人從各方面整理並思考今天的事。關於密室之謎以及茂呂耕作那副表情的意義，如果能獨自冷靜下來思考，或許會有新發現。」

流平聽到這番話也無從反駁。

「啊啊，說到新發現……」鵜飼做個補充。「我剛才說金藏很聰明，一點都不誇張，你就把那個密室之謎說給他聽吧，他或許能提供有趣的想法。」

「密室是指什麼事？」

金藏詫異詢問。

「這你就問他吧，那我告辭了，你也小心別感冒，明天早上見。」

鵜飼留下這番話就離開了。

15

鵜飼幾近毫無防備回到事務所，中了兩名刑警的埋伏不得已投降，如今他坐在警車後座經過西幸橋。

今晚會在拘留所過夜？還是沒機會睡覺，直接進行偵訊？無論如何只能確定一件事，就是鵜飼今晚沒空「獨自冷靜下來思考」，至於「明天早上見」的約定，現階段已經不可能實現。

流平當然不知道鵜飼坐在警車裡，正從他的頭頂經過。

時間是晚間八點十五分左右。

金藏與流平已經喝得醉醺醺。

對飲片刻，逐漸放鬆心情之後，流平在意起鵜飼剛才留下的那番話。鵜飼以「聰明」形容金藏，也提到要是把密室之謎說給他聽，他或許能提供有趣的想法。

流平當然半信半疑，現代童話裡打扮成遊民的名偵探或許受歡迎，但現實上不可能。如果眼前這位邋遢的大叔正是如此，堪稱令人笑掉大牙。

流平如此心想，卻還是決定說明本次事件，其中一個原因在於流平即使是一根稻草——但他不是將金藏形容為稻草——都想抓，另一個原因是沒有電視或收音機的夜晚漫長到嚇人，流平無聊到難以忍受。

流平向金藏大略說明事件的來龍去脈，特別強調密室有兩道封鎖線，分別是玄關門鏈以及案發當晚位於現場附近的女性（二宮朱美）證詞，凶手如何離開室內，又如何避開朱美的目光？這種事幾近不可能。

流平說完整件事之後，露出「怎麼樣！」的表情俯視金藏，流平沒道理為此自豪，但是不知何時，他越講越覺得自己像是猜謎節目的主持人，但流平當然沒發現。

金藏一聽完，就拍了拍他盤腿的膝蓋。

「什麼嘛～原來是這樣，這種密室很簡單，連屁都不如。」
「連……屁都不如？」
脫離正常生活數年，用字遣詞或許會和世間有所出入，即使如此，「連屁都不如」這種說法也太過時了。
「你真的知道？那個，話說在前面，別主張『內出血密室論』啊，鵜飼先生就是執著這一點才失敗。」
「哼哼，不是那種論點。」
金藏露出從容的笑，從這句話就知道他至少不是想講「內出血密室論」，看來他真的不是普通遊民。
「簡單來說，白波莊四號房的玄關上了門鏈，窗戶也上了月牙鎖，既然這樣就不可能讓任何人進出。」
「是的。」
「在外門旁邊修理機車的朱美小妹，也證實沒人能進出。」
「是的，所以我才說這是密室。」
「真是不可思議。」
「一點都沒錯，搞不懂凶手如何出入現場……」
「不不不。」遊民摸著滿是鬍渣的下巴搖頭。「我覺得不可思議的是，鵜飼大哥或你這種聰明人，居然沒察覺這種事。」

「這種事是……什麼事？」

「凶手不在現場。」金藏把自己紙杯的酒一飲而盡繼續說：「因為本來就是這樣吧？既然完全沒有空間讓人進出，就代表凶手肯定沒有踏入現場半步，單純推論就是這麼回事。」

「話是這麼說，但這樣就沒辦法解開謎團，茂呂先生確實是被刀子刺殺，所以肯定有人犯案。」

「那當然，不過就算屍體在浴室，也不代表凶手也在浴室吧？凶手或許在浴室外面。」

「浴室外面？」

流平瞬間以為「浴室外面」指的是更衣間或走廊，但依照對話似乎不是如此，流平緊張等待金藏說下去。

「凶手是從浴室外面，刺殺浴室裡的遇害者。」

「呃！從外面……你說的外面是屋外？」

「對，浴室應該有對外窗吧？」

「確實有，但是沒辦法大幅打開，那是斜開的下推窗，就算完全打開，普通人也不可能鑽得進去……」

「不過啊，小哥，沒必要鑽進去吧？只要夠讓刀子進去就夠——與其說刀子，不如說長槍比較接近。」

「長槍！對……對喔，我聽懂金藏先生的說法了！」

「小哥，你真遲鈍，我光是聽你說完就立刻有底囉。」酒意助興的金藏洋洋得意。

「凶手把刀子綁在長棍前方作成長槍，從窗外刺殺浴室裡的人，這樣只要稍微打開浴室窗戶就夠，而且凶手以長槍漂亮刺中對方側腹，接下來不用說明也懂吧？」

「凶手從長槍拆下刀子，然後從窗戶縫隙扔進浴室？」

「就是這麼回事，這樣就完成密室吧？簡單簡單。」

金藏拍手示意事件解決，再度將紙杯的酒一飲而盡。

「原來如此，不過事情這麼簡單嗎？我覺得長槍突刺很可能落空。」

「不成問題。」金藏如同預料到這個問題般果斷回應。「假設突刺落空，凶手也不算是犯下致命的失敗，就遇害者的角度，不可能看見拿長槍從縫隙攻擊的犯人真面目。何況遇害者在浴室裡，凶手在戶外，不可能抓得到凶手，凶手失敗時只要全力逃走就好，這麼一來，逃離現場的機率很高吧？嘿嘿，這計畫設計得挺不錯的。」

「原來如此，確實沒錯。」

實際上，流平只能佩服金藏的縝密推理，至少相較於鵜飼的「內出血密室論」，這種理論令人認同的部分比較多。

但要實行金藏推理的手法，還要面臨最後一關，必須解決這一關才能進行長槍手法……不過流平刻意不徵詢金藏對這方面的意見，他想自己花一個晚上思考。

「哎呀，我好驚訝，完全對金藏先生的推理能力甘拜下風，光是稍微聽我敘述就解開密室之謎……天啊，真的幫了大忙，明天我立刻告訴鵜飼先生這個推論，順利的話或許能解決案件。」

總之流平對金藏讚不絕口，結束這個話題。

「這樣啊，有幫上忙啊，那就好那就好。來，小哥喝吧，還有下酒菜也別客氣儘管吃，反正是別人送的。」

「好的，謝謝。」

流平感受著似曾相識的感覺，將手伸進開心果袋。

昨天也進行過類似的酒宴，對象是茂呂耕作，這位學長已不在人世，然而流平現在和昨晚一樣喝酒吃開心果，簡直不可思議。不，或許不只如此，不只……

醉意頗濃的流平腦中，昨天與今天的光景如同雙重失焦影像逐漸重疊，到了明天，所有焦點是否會聚集合一？還是……？

總之，流平如同走鋼索的漫長一天就此結束。

第四章　案發第三天

1

流平早晨起來，首先映入眼簾的是褐色紙板。

他花費好一段時間思考自己眼前到底是什麼東西，眨了眨惺忪睡眼，才總算想到昨晚是在紙箱屋過夜。

眼前的紙板不是別的，正是這間屋子的屋頂。流平昨晚沒察覺，但這裡的屋頂很低，持續注視會感覺極度壓迫，如同一股沉重的力量壓在頭上，紙箱屋果然和自由開放的露營帳篷似是而非。

流平試著在狹窄空間起身，這裡的「屋主」金藏（話說還沒請教他的全名）躺在腳邊，他還在睡，或許正在夢中享受美食，那麼硬是將他拉回現實會被記恨，流平慎重坐起上半身。

全身緊繃到啪嘰作響，這麼說來，昨晚也是這種感覺，當時是躺在更衣間的木地板，今天早上則是躺在直接鋪在地面的厚紙板，從緊繃程度來看，木地板比較舒適。

然而，在這裡不需要清醒就面對屍體，或許今天這樣比較好。

不，等一下……

流平以腳趾輕推腳邊的遊民，腰部受到刺激的金藏酥癢扭身做出反應。太好了，他沒死。

總之，要連續兩天在屍體旁邊清醒也不簡單。

但是先不提今早，接下來才是問題。例如明天早上，最好別在拘留所的水泥地面清醒……可惜依照現狀，無法否定這種可能性。

流平來到戶外看手錶，時間是上午八點半，想用河水洗臉的他看向烏賊川河面，發現河水不太乾淨而作罷。

流平餓了，卻沒有閒情雅致在陽光灑落的河岸享受早午餐，他坐在比較高的草叢裡藏身，繼續進行昨晚未完成的思考。

昨天晚上，金藏滔滔不絕的推理令流平深感佩服，認為凶手或許把刀子當成長槍使用，但這種推理並非沒問題，而且問題很大。

假設凶手持長槍從浴室窗戶刺殺茂呂，在外門旁邊修機車的二宮朱美，肯定將凶手行徑完全看在眼裡。

流平沒對金藏詳述浴室窗戶位置，所以他可能誤會了。這扇窗就在玄關門旁，所以能在外門近距離看見四號房房門的二宮朱美，肯定也將浴室窗戶納入眼簾，有可疑人物肯定會察覺。何況依照金藏的推理，凶手當時拿長槍，所以更加明顯。

這就是最後一道關卡。依照二宮朱美的證詞，她只看見往返於花岡酒店的茂呂耕作，完全沒有其他人的身影，鵜飼的「內出血密室論」就是因此被推翻，金藏的「長槍密室論」顯然也能以相同理由推翻。

然而，流平有所堅持。

「內出血密室論」與「長槍密室論」。

這兩種推論都被二宮朱美的證詞輕易推翻，二宮朱美的證詞就是如此重要，但是反過來說，只有她的證詞妨礙這兩種論點解開密室之謎，這也是事實。

到這個地步，她這番證詞的可信度忽然變得重要。

鵜飼與流平至今都把二宮朱美視為善意的第三者，但是只要像這樣相信她，就無法解開密室之謎。

或許有必要質疑她的證詞。

質疑二宮朱美的證詞，就可以解開密室之謎。鵜飼執著的「內出血密室論」得以成立，金藏的「長槍密室論」亦然，比起受她的證詞影響而思考第三種假設，質疑證詞更加實際。

二宮朱美在說謊。

那她為何要說謊？流平不曉得明確的理由，但至少推測得到兩種可能，第一種狀況在於真凶是二宮朱美親近的人，她袒護凶手才會謊稱沒看見任何人。

第二種狀況，則是二宮朱美本人正是真凶——這個假設也出乎意料無法否定。

流平越想越感到坐立不安。

他認為依照順序，應該先將金藏的推理告訴鵜飼再討論對策。

流平起身回到紙箱屋，金藏還在呼呼大睡，看來睡得比剛才還熟，流平不想刻意吵醒他，因此默默關上房門（其實只是一塊夾板），流平認為今後應該有機會回報他收留一晚的恩情，直接離開這裡。

流平跑上河岸堤防，若無其事在步道行走一陣子之後來到大馬路，攔下一輛路過的計程車搭乘，目的地當然是鵜飼杜夫偵探事務所。

平常應該只要五分鐘的路程，流平卻花二十五分鐘才總算抵達綜合大樓。剛才不幸遇到早晨的尖峰時間，司機親切說兩次「用走的比較快」，但是和時間快慢無關，流平不能光明正大走在街上，所以無可奈何。

流平和昨天一樣，從綜合大樓後面的螺旋階梯衝上樓，推開沉重的鐵門鑽進去，氣喘吁吁兩眼昏花的感覺和昨天完全一樣，三樓走廊也是陰暗寧靜，令流平誤以為昨天光景重演。他直接走到「鵜飼杜夫偵探事務所」招牌前面按門鈴，裡頭沒人回應，流平擅自解釋為鵜飼肯定還在睡。

試著握住門把緩緩施力，門把順暢轉動，以為內側上了門鏈，卻也沒有。

不太對勁——流平應該提高警覺才對，但這時候的他只覺得鵜飼忘記鎖門。

「真是的，身為偵探卻沒鎖門就睡覺……要是殺手盯上怎麼辦？」

但現實世界的偵探不會被殺手盯上，應該吧。

室內沁涼無比，流平至此還是沒預料到偵探不在這裡，仔細想想，這個逃亡者有夠遲鈍。流平穿過辦公桌與沙發並排的事務所兼會客室前往深處臥室，那裡有一張鵜飼平常當成床鋪的報廢沙發，走進臥室一看，裡頭確實有沙發，卻沒有偵探的身影。

事到如今，流平總算覺得事有蹊蹺。鵜飼不在，室內空氣冰冷至極，房間卻沒上鎖，如今自己位於房內，而且就只有他獨自待在三樓的這個房間……

看來這種狀況應該形容為「甕中之鱉」。流平察覺到這件事時，勝負早已底定。

流平轉身一看，後面站著兩名可疑男性，正確來說，這兩人怎麼看都不是可疑打扮，但在流平眼中確實是如此。流平意外鎮靜俯視兩人，他比這兩人都高一個頭。

「你們是誰？」

這聲冷靜的詢問，反而使這兩人露出困惑神情，比較年輕的一人連忙將右手伸進胸口內袋，照例取出黑皮手冊。

「我們是這個身分，你是戶村流平吧？」

流平走向兩人，仔細打量遞到面前的手冊。

「………」

是真貨，不是「開運手冊」。

「………」

「先生……這位先生？」年輕刑警對流平過度專注審視手冊的樣子感到奇怪。

「用不著看到這種程度，我們不是你們這種拿假手冊張揚的假刑警，請放心。」

「這……這樣啊……」

流平忽然感覺全身無力，想到從昨天早上開始的逃亡之旅歷經一整天結束，就某方面來說像是鬆了口氣，實際上還以為逃了一整週，真是不可思議。這樣應該夠了，沒辦法了，流平已經沒有力氣掙扎。

中年刑警向前一步向流平宣告。

「我們昨晚就拘留鵜飼杜夫，希望你也和我們走一趟，畢竟你身邊兩名人物接連離奇死亡，不覺得你有義務說明嗎？你當然可以行使各種權利，但我們更希望你協助辦案……我們也很忙，沒辦法一直陪你玩捉迷藏。」

中年刑警的語氣，隱約有種厭煩的情緒。

流平在偵訊室和兩名刑警面對面進行偵訊，兩名刑警裡的中年人是砂川警部，年輕人是志木刑警，流平很快就記住他們的名字，並且在他們的詢問之下，說出至今發生的所有事情。

包括流平體驗的密室之謎、鵜飼杜夫執著的「內出血密室論」、金藏主張的「長槍密室論」，甚至是流平獨自以此推理的「二宮朱美凶手論」，流平全部親口向砂川警部與志木刑警述說。

兩名刑警看到流平毫無抵抗，當然有所大意。

他們大概認定流平會輕易招供，使得案情水落石出，然而連流平也看得出來，兩名刑警的表情隨著供述越來越複雜，密室難題取代招供擺在眼前，他們會這樣也在所難免。先不提兩名刑警是否相信，光是他們願意認真聆聽，對流平就是一種救贖。

流平花不少時間講完整段過程，接著投以詢問的視線。名為志木的年輕刑警說：

「難以置信。」

另一方面，砂川警部只靜靜說出一句話。

「抱歉，麻煩從頭再說一次。」

流平下定決心，無論重複多少次都要讓對方接受。

2

應該能用「總算」這兩個字吧，案發第三天，追與被追的兩方共四人進行的兩條支線，終於在這一瞬間合而為一，直覺敏銳的各位讀者肯定感覺得到，諸多複述的這個故事也即將做個了斷，直覺遲鈍的讀者也能從僅存的頁數推測：

「接下來總不可能又有人遇害……」

事實上正是如此，結局將近。

解決案件的材料幾乎到齊，兩名刑警原本認定戶村流平招供之後就能結案，這樣的進展讓他們期望落空，但是忽然當面得知的密室殺人情境，令兩名刑警頗感興趣。

原本沒什麼幹勁的砂川警部，如今雙眼莫名閃亮，這是值得大書特書的事，本書開頭提到他是「最能代表烏賊川市警察的人」絕非誇張，他似乎已經得到重大線索。

那麼事不宜遲，立刻由砂川警部親口揭開案件全貌……我個人很想這麼做，不過很遺憾，為此必須再經過一段緩衝。

那麼，這時候就返回初衷，從砂川警部站在運河旁的這一幕開始。

時間是下午三點，戶村流平偵訊告一段落的休息時間。天氣是晴天，風很柔和，水面大約只有兩三隻水母。

砂川警部把運河旁邊的啤酒箱當成椅子坐，看起來很像是中年刑警晒太陽，但是並非如此。砂川警部正專注在手冊寫字，不是警察手冊，而是堪稱雜記簿的自用手冊，寫了又想、想了又寫，不滿意就整頁撕掉，他持續進行這樣的行徑。

「警部，砂川警部！」跑過來的照例是志木刑警。「現在沒空在這種地方數水母了，走吧，趕快繼續偵訊……」

「別說傻話！」砂川警部語氣粗魯，像是對他這番話感到遺憾。「現在這麼忙，我哪有空數水母……」

「咦，您不是在數？」

「……早就數完了，這陣子都會放晴，放心吧。」

「我沒在擔心天氣。不提這個，警部，專心辦案吧。」

「不用你提醒，我正在從各方面思考。」砂川警部將手冊收進西裝口袋繼續說：

「喂，志木，你對戶村流平那番話有什麼看法？『早上醒來發現浴室有屍體、玄關上門鏈、窗戶上月牙鎖、室內只有我一個人，但我不是凶手』，你相信他這種類似偵探小說密室的證詞嗎？」

「怎麼可能，當然不相信。凶手就是戶村，案發當晚只有他和茂呂耕作在一起，殺害紺野由紀的人恐怕也是他，何況要是沒做虧心事，他就不會逃了。」

「他說『密室嚇到我』、『我覺得警察不會相信』，這種心情可以理解吧？」

「是這樣嗎……密室肯定是他隨口編出來的。」

「如果是編出來的，我覺得稍微突兀過頭。凶手說謊總是為了自保，但他招供的密室情境，只會排除他不是凶手的可能性。換句話說，戶村的證詞只讓他處境更加不利，真是不可思議。」

「只是因為他很笨吧？」

「或許意外是個老實人。」

「警部，您相信他？」志木無奈睜大眼睛。「到頭來，紺野由紀與茂呂耕作的命案只間隔幾十分鐘，地點也相距不到一分鐘的路程。而且依照法醫判斷，凶器應該是同一把，很難把這兩個案件當成各自獨立，要是將兩個命案串聯在一起，有嫌疑的就是戶村流平，別無其他可能，警部，您說對吧？」

「是沒錯，不過……」

砂川警部的表情和話語相反，看得出他在推測戶村流平以外的嫌犯。

「戶村說『二宮朱美很可疑』，你認為怎麼樣？」

「哈哈哈，把刀子當成長槍的那種奇特手法？這玩笑開大了。」

「但是，我認為有可能從浴室窗外行刺。」

「不，警部，這不是能不能行刺的問題，何況凶手——就算凶手是二宮朱美——要怎麼預料茂呂耕作是在十點半之後洗澡？必須預先知道遇害者幾點幾分出現在浴室，否則這種犯案手法不可能成立，畢竟凶器不可能立刻準備妥當，而且二宮朱美為什麼要做得這麼拐彎抹角？警部也看到了，她是白波莊的房東，這女孩會擅自拿備用鑰匙闖入房客家，她為什麼非得刻意用長槍設計密室命案？要是打造出密室，擁有備用鑰匙的房東立場反而不利，所以這說法太離譜了。」

「哎，應該吧。」

「所以凶手果然是戶村吧？」

「不，這很難說。」砂川警部語帶玄機轉移話題。「其實，我有點在意他所說的某個細節，只是微不足道……應該說微妙，總之這部分令我在意，如果事情和我推測的一樣，這件事會變得相當有趣……」

「呃……警部，您說得真含糊，簡單來說，警部認為戶村流平不是凶手？」

「我的意思是他可能無罪，還無法斷定他確實清白。」

「是這樣嗎？但是就我看來，他和墨汁一樣毫無清白可言。」

「好，那就來做個了斷吧。」

「這種事有可能嗎？」砂川警部態度過於乾脆，志木難掩疑惑。「警部，就算要做個了斷，也不能用猜拳之類的方式決定吧？」

「那當然。」砂川警部從啤酒箱起身。「我有自己的做法。志木，無論是會議室或會客室都好，總之準備一間有電視與錄放影機的房間，還要影帶，戶村拿來的背包裡有影帶吧？」

「從『ATOM』租的『殺戮之館』吧，要拿來做什麼？」

「拿來一起看。」

「看『殺戮之館』？」志木露出詫異的表情。「警部不是在影帶出租店說過嗎？看那種無聊電影只是浪費時間。」

「是啊，我想再確認那部電影多麼無聊。」

志木當然聽不懂，而且也只能按照吩咐行事。

3

偵訊室立刻設置砂川警部想要的設備，至今進行無數次偵訊的室內一角，如今由一臺電視與錄放影機當成自己家霸占，這幅光景頗為奇特。

「警部抱歉，我想訂會議室，但那裡現在是防盜講習會場……將就用這裡吧。」

「無妨。」砂川警部坐在鐵管椅邊緣看著志木忙碌。「哎，這間偵訊室反而更合適，怎麼樣，不覺得這個空間很像某處嗎？」

志木停止配線動作詢問。

「您的意思是？」

「就是茂呂耕作的家庭劇院啊，這間偵訊室完全隔音，還有電視與錄放影機，所以是簡易家庭劇院。」

「原來如此，是要重現案發當晚啊，不過這和辦案有什麼關係……警部，反正您還想賣關子吧？」

「對，現在還不能告訴你。」

「果然……好了，這樣應該就能看。」

志木刑警確認錄放影機線路插好，緩緩打開電源按下播放鍵。

女性私處特寫忽然占據整個畫面，如同臨死母豬的叫聲在狹窄空間迴盪，影像帶來的衝擊以及震耳欲聾的音量，足以讓砂川警部的屁股從椅子滑落。

「喔，恕我失禮。」志木立刻停止播放。看來是違禁影帶，肯定是從非法商店扣押的。

「為什麼會留在錄放影機裡？」

「不清楚。」志木聳肩回應。「畢竟很多警察盡忠職守，總之這也無妨吧？烏賊川市警察九成是男人，所以也會發生這種事。」

志木說出不算理由的理由，取出無關的影帶放在電視旁邊，改拿「殺戮之館」放入機器，在錄放影機即將自動播放時按暫停。

「警部，這樣就準備好了。」

「嗯，那麼叫戶村流平過來。」

「是。」志木走到門口忽然停步轉身。「警部，也要找那個偵探過來嗎？」

「好吧。」砂川警部不甘情願點頭。「姑且叫他過來。」

戶村流平與「那個偵探」鵜飼杜夫，兩人先後來到偵訊室。較晚進來的戶村一看到鵜飼就快步走過去，進行短暫的感動重逢。不過兩人只有分開一天，剛開始因為重逢而喜形於色的兩人，後來也開始進行現實的對話。

「我好不容易堅守完全緘默權，你怎麼被抓了？」

鵜飼表達著不滿，實際上，志木與砂川警部至今再怎麼威脅或勸說，鵜飼也堅持沒說出戶村流平的去向。

他不只沒說，還在用餐時間接連提出「讓我吃豬排飯」、「這餐想吃壽司」這種棘手要求，使得刑警們頭痛不已，這算是偵探的後勤支援方式。

然而戶村到最後輕易被抓，這份努力化為烏有，鵜飼對此大為不滿。

另一方面，戶村則是一開口就停不住。

「今天早上我到鵜飼先生的事務所，就遇到這兩位刑警先生，我一直以為鵜飼先生就在那裡……」

「真蠢，好歹打電話確認我在不在吧？」

「我的做法確實很冒失，可是……」戶村無力低下頭，卻立刻出言反擊。「我才想問鵜飼先生，為什麼比我先被抓？」

「唔唔，簡單來說……」

偵探欲言又止，看來他不太好意思說出「因為進口車太顯眼」，砂川警部只是默默揚起嘴角，笑嘻嘻看著這一幕。

「不……不提這個，我和你為什麼被叫來這裡？」

「啊？天曉得。」戶村誇張地歪過腦袋。

砂川警部走到他們面前，回答兩人的疑問。

「接下來要讓你們看個東西，放心，只是為求謹慎想讓你們看一下……就是那部『殺戮之館』，我看看，這是河內龍太郎執導，一九七七年關東映協的作品，片長兩小時三十分。」

砂川警部看著影帶外盒標籤照本宣科。

「戶村，你堅稱和茂呂耕作一起收看的是這部電影，沒錯吧？」

「『堅稱』是什麼意思！」戶村面有慍色。「當然沒錯，我在二月二十八號晚上，和茂呂先生一起看『殺戮之館』，時間我也記得清清楚楚，是從晚間七點半開始看，看完剛好是晚間十點。」

所以戶村流平在偵訊時，始終主張他和晚間九點四十二分的紺野由紀命案完全無關，志木或砂川警部詢問他是否能證明，他就立刻做出「不，這就……」的結巴反應，這樣的過程反覆好幾次。

砂川警部如今也不想在這裡重複相同的過程，只有勸兩人坐下。

「總之坐吧，並且一起看電影，你仔細看，這間偵訊室簡直就是白波莊四號房的家庭劇院吧？播放的電影也和那天完全一樣，你就抱持著二月二十八號晚上的心情看電影就好。」

戶村與鵜飼神情詫異，默默聽話坐在椅子上。「好，志木，開始播吧。」砂川警部看著自己的手錶確認時間。「現在剛好是下午四點，片長兩小時半，所以預定在六點半播完，總之放輕鬆欣賞吧。」

志木按下錄放影機的播放鍵讓電影開演，畫面出現關東映協的斗大標誌，沉鬱的殺戮劇情揭開序幕。

經過十分鐘、二十分鐘、三十分鐘。

陰暗的偵訊室充斥著四分之一世紀前的影音，志木腦中浮現當年深夜和朋友們一起看這部電影時的強烈枯燥心情，主要登場角色多到雙手數不完，而且人際關係錯綜複雜，因此劇情進展緩慢，臺詞冗長到無謂的程度……再看十分鐘，睡魔就會如同每天早上送達的報紙般確實前來，這是值勤中的志木最在意的事。

為什麼要刻意做這種事？警部究竟在想什麼？

志木再度對砂川警部的無意義行動感到納悶。

又經過二十分鐘。

好不容易把持精神沒入睡的志木，不經意斜眼偷看鄰座戶村的表情，瞬間映入志木眼簾的，是戶村恍惚般微微張嘴的表情，志木感到困惑。

這個人怎麼用這種表情看電影？是因為太枯燥而驚訝？不對，他肯定是第二次看「殺戮之館」，前天才看過一次，不可能目瞪口呆到這種程度。

「……請……請暫停！」

忽然間，一個強硬的聲音響遍偵訊室，聲音來自戶村，志木立刻以手邊遙控器暫停播放，作好準備隨時等戶村招供。砂川警部則是依然悠閒，以從容語氣詢問：

「怎麼了？電影還沒結束啊，甚至不到一半。」

「呃，不……我……我知道還沒結束，雖然知道……」

戶村流平語塞沉默片刻，但他很快抬起頭，以右手指著暫停的畫面沙啞控訴。

「可是……可是我不懂！這……這部電影到底是什麼！」

「你問這種問題，我也不曉得如何回答，這是你背包裡的影片，河內龍太郎執導的『殺戮之館』，志木，沒錯吧？」

忽然被徵詢意見的志木也慌張點頭回應。

「當然沒錯，這確實是『殺戮之館』。」

「怎麼可能……」

戶村情緒極度波動，就旁人看來也明顯不知所措，他像是求救般轉向鄰座偵探。

「鵜飼先生，這部電影確實是『殺戮之館』？是真正的『殺戮之館』？」

不用說，偵探當然也目瞪口呆，鵜飼詫異地看著戶村雙眼回答。

「你在說什麼？這當然是『殺戮之館』……喂，你該不會想說前天晚上和茂呂耕作一起看的電影不是『殺戮之館』吧！」

「不。」戶村用力搖頭。「不是這樣，我和茂呂先生看的電影，確實是『殺戮之館』。」

「什麼嘛，那不就沒問題了？」

鵜飼像是掃興般說著，戶村緊接著高喊。

「可是，我看的不是這部電影，是更好看的『殺戮之館』！」

4

一瞬間，整間偵訊室安靜得如同凍結，看來只有砂川警部正確理解到流平這番話的意思。志木刑警與鵜飼無法判斷發生什麼事，暫時啞口無言，但現場最驚訝又混亂的莫過於流平自己，自己對同一部電影的印象為何差這麼多？這是他至今從未體驗的事態。

寧靜的室內，只有暫停的影片異常耀眼。

「哈哈，別胡說了。」片刻之後，志木刑警輕聲一笑。「世上的『殺戮之館』，怎麼可能分成難看與好看兩種？」

當然不可能。

「是重製？」鵜飼終於展現像樣的推測。「難道說，你看的『殺戮之館』是重製作品？」

流平是學電影的人，當然明白鵜飼的意思。

在電影界，譽為名作的作品或是可能熱門的題材，別說兩次，甚至可能反覆製作成電影，例如「無法松的一生」與「緬甸的豎琴」，分別由稻垣浩導演、市川崑導演執導過兩次，若是導演相同就無分優劣，但如果由不同導演重製，即使是同名同內容的作品，也可能出現明顯差異。

然而，這次的狀況並非如此——

「不可能。」志木刑警代替流平發言。「關東映協一九七七年製作的『殺戮之館』不可能有兩種，既然他前天和茂呂耕作一起看的電影是『殺戮之館』，肯定和我們現在看的『殺戮之館』相同。」

「是的，確實是同一部電影。」戶村點頭說：「不過是不同的電影，啊啊，為什麼會這樣……我沒辦法相信，這應該是剪輯，剪輯方式不一樣！」

「剪輯？」志木刑警詫異復誦。

但流平沒有進一步多說，抱頭在椅子上僵住，目瞪口呆的志木與鵜飼，以視線向砂川警部求救。

砂川警部進行說明。

「我聽一個電影專家說過一段往事，這是真實案例，或許稍微加油添醋過，但還是很有趣，所以我記得很清楚……是一部電影的祕辛。

以前有一部電影，觀眾的評價有好有壞……應該說批評的人比較多，不過是一部大手筆作品，導演投入的熱忱非比尋常，而且想報名國外影展，可惜片長太長，很難直接讓國外人士接受。

只是在日本電影院上映還好，但國外的影界人士行程緊湊，欣賞影片的時間有限，所以作品短一點較能受到青睞，導演不得已揮淚剪輯這部嘔心瀝血的作品。換句話說就是剪掉不重要的片段，這令導演心如刀割。

不過，日本影評家看過國外參展的剪輯版本之後暗自心想，比起冗長乏味的原始版本，這個版本節奏輕快而且好看得多，但是導演忍痛動刀的這項決定，不能對外大肆宣揚。」

沒人插話，砂川警部繼續說下去。

「聽起來挺有趣吧？同一部電影剪輯前後給人的印象完全不同，這種事有點令人難以置信，過度剪輯的版本評價反而好，挺諷刺的。

話說回來，戶村，你在偵訊過程中提到你對『殺戮之館』的印象，這部分讓我覺得不對勁。記得你說『挺好看的』、『接連出現殺人場面，節奏明快』，我才會感到詫異，因為我年輕時也看過『殺戮之館』，當時的感想和你的感想相差甚遠。

哎，這種事不無可能，畢竟每個人對同一部電影的評價各有不同，不過影帶出租店的店員——你也認識的青年桑田一樹，也和我抱持相同意見。不只如此，在場的志木刑警也在學生時代和朋友看過而且大肆批評，包含我在內，所有人的意見幾乎一致。簡單來說，『殺戮之館』這部電影太長了，而且不知為何，只有你認為這部眾人公認冗長的『殺戮之館』好看。

這只是因為你的電影喜好和大家不一樣？或許吧，但也可能是你看的電影其實和大家不同，不是原始版本，而是重新剪輯的『殺戮之館』，我就是想確認這件事，才會像這樣找大家一起看『殺戮之館』。」

「果然如此。」流平擠出聲音說：「我前天晚上和茂呂先生看的『殺戮之館』重新剪輯過，換句話說是濃縮版本。」

「對，現在你在這裡看到一半的，是『殺戮之館』的原始版本，你看的濃縮版本，應該比原始版本短三十分鐘。」

砂川警部關閉暫停的影片，從錄放影機取出影帶給戶村看，旁邊的志木刑警問：

「可是警部，外行人擅自把一部電影剪短三十分鐘，劇情會變得支離破碎很不自然吧？」

「或許如此……這部分得徵詢專家意見，戶村，怎麼樣？片長兩小時半的電影，剪掉三十分鐘會突兀嗎？」

「不，應該沒大礙。」流平果斷回答。「三十分鐘不算長，實際上，電視播放的影集大致都會剪掉三十分鐘，把兩小時的作品濃縮到一小時半，所以由熟練的人來剪片不會造成大問題，可是……」

流平接著提出詢問。

「這捲影帶確實是我從桑田一樹的出租店租來的，為什麼會經過剪輯？到底是誰做出這種事？」

「對，這就是問題。」砂川警部慎重回應。「可能做出這種事的人，除了你只有兩人，但桑田一樹沒有嫌疑，因為他不可能預料到你前天會去租『殺戮之館』，既然無法預料，也不可能預先準備剪輯過的影帶，所以不會是他。這麼一來，能夠準備剪輯影帶的只有一人，就是預先知道你會在二月二十八號租『殺戮之館』的人，也是如你剛才所說，慣於自行剪輯影帶的人。」

「……」

流平腦中也清楚浮現這個人的身影，雖然難以接受，卻是牢不可破的現實，怎麼可能，不應該是這樣，但是除了他別無人選。

砂川警部的聲音響遍寧靜的空間。

「就是茂呂耕作。」

「怎麼可能！」流平如此抗議，內心的聲音卻是「果然！」。

「不，這是事實，既然是他操作錄放影機，他肯定也能將戶村拿來的真正影帶，掉包成自己的濃縮版影帶，只有他做得到這件事，何況他肯定能以自己任職的電影公司器材剪接影帶，而且他也擁有剪輯技術。」

流平無法否定，不，甚至認為肯定是茂呂做的。茂呂有才華，要是他將冗長乏味的「殺戮之館」剪掉多餘場景製作成濃縮版，肯定比原版還好看，流平看的就是這個版本。

「不過，到底是為什麼？茂呂先生為什麼要做這種麻煩的惡作劇？」

「為了混淆時間。讓你收看濃縮版電影，就可以打亂你對時間的感覺，這就是他的目的，但茂呂耕作這麼做當然不是惡作劇，是製作不在場證明的巧妙手法，戶村，你完全中了他的陷阱。」

「不……不在場證明？為什麼要製作不在場證明？」

砂川警部揭發事件核心。

「當然是為了殺害紺野由紀。對，茂呂耕作正是殺害紺野由紀的真凶。」

5

砂川警部對愕然的流平進行說明。

「你可能無法相信，但這是事實，我如此確信。你當然會有所質疑，這也在所難免，前天晚上一起看影片看到晚間十點的茂呂耕作，為什麼會是九點四十二分紺野由紀命案的凶手？照理應該是不可能的事情，不過只要使用剛才說明的『殺戮之館』濃縮版就有可能。接下來我照時間順序說明，聽清楚了。

首先，你一星期前和茂呂耕作約好，二月二十八號晚上一起在家庭劇院看『殺戮之館』，茂呂利用這個星期製作『殺戮之館』的濃縮版，只要運用他自己的剪接技術與公司的器材，這肯定不是難事，這是事件的第一階段。

二月二十八號晚間七點，你在影帶出租店租了真正的『殺戮之館』影帶，造訪茂呂耕作的住處，暫時閒聊就業話題之後，茂呂緩緩向你說出一件重要的事，知道是什麼事嗎？」

「重要的事？」流平歪過腦袋。「不知道，是什麼事？」

「就是洗澡，這是他犯罪計畫裡非常重要的部分，茂呂耕作慎重但佯裝若無其事建議你去洗澡，你毫不質疑就去洗澡，並且在洗完之後，穿上茂呂提供的整套運動服，對吧？其實在這個時候，茂呂的犯罪計畫就完成第二階段，懂嗎？重點不在洗澡，在於讓你拿下手錶洗澡，這才是重點。戶村，你洗完澡換上舒適衣著之後，肯定不會刻意再戴上手錶，沒錯吧？」

「這麼說來……當時我把手錶和脫掉的牛仔褲與上衣一起放進洗衣籃。」

「嗯，一般都會這麼做。後來你洗完澡首先看到什麼？是電視，國營頻道的七點新聞即將結束，這也不是偶然，是茂呂的縝密計算，七點新聞快結束，就代表時間快到七點半，而且電視時間比任何鐘錶都值得信任，畢竟電視新聞和能夠擅自調整時間的鐘錶不一樣，你當然認定這個時候是晚間將近七點半，這是計畫的第三階段。

接下來，你和茂呂前往家庭劇院，你不用看鐘錶也知道當時是七點半，並且把真正的『殺戮之館』影帶拿給茂呂，將影帶放入機器播放的是茂呂——不過實際上，茂呂悄悄把你給的影帶塞入影帶櫃，把預先準備的『殺戮之館』濃縮版放入機器。聽好囉，接下來比較複雜，原版『殺戮之館』的片長如標籤所示是兩小時半，但如果我的計算正確，濃縮版的片長應該是兩小時整，這三十分鐘的差異，足以讓茂呂耕作偽造不在場證明。總之茂呂順利掉包影帶，並且將錄放影機內附的數位時鐘調到八點整才開始播映影片，這一切都是讓你把兩小時誤認為兩小時半的策略。此外，你要是播映的時候使用手機，很可能會發現真實時間，所以當然絕對不能讓你這麼做。他在這方面也沒忘記嚴加告誡，完全沒起疑的你，就這樣認定影片從七點半播映，在兩小時半之後的十點結束，至此是第四階段。

電影播完之後，茂呂親自操作錄放影機取出影帶，這捲影帶是濃縮版，被你看到會不太妙，所以茂呂將影帶塞進櫃子的大量影帶之中，改為拿出剛才藏進去的真正影帶放在機器上。按照你的認知，這時候是晚間十點，取下手錶的你，在茂呂引導之下看向錄放影機內附的時鐘，上頭顯示十點，所以你認為毫無問題，但是這一點大錯特錯，實際上這時候只是九點三十分。怎麼樣？既然是九點三十分，距離紺野由紀遇害的九點四十二分還有十幾分鐘吧？就算考量到白波莊與高野公寓的距離，用這段時間犯案也綽綽有餘，不過茂呂必須找個藉口，把你留在白波莊並且獨自出門，所以他使用『買酒與下酒菜』這個最有道理的藉口離開住處，重複一遍，這時候是晚間九點半，就訂為第五階段吧。

此時終於要正式行凶了，茂呂提高警覺避人耳目前往高野公寓，成功入侵紺野由紀的住處，我不知道他用了哪種方式，或許是之前約好吧。總之茂呂持刀刺殺她，在晚間九點四十二分，從公寓陽臺將屍體扔下樓之後逃走，刻意將死者從陽臺扔下樓的原因，應該用不著多加說明，茂呂希望正確行凶時間能為他人所知，才方便提出不在場證明，到這裡是第六階段。

行凶結束的茂呂，至此還要進行一件重要工作，就是盡快回到白波莊。實際上，他在九點四十二分犯案之後，緊接著在九點四十五分就回到白波莊住處，家庭劇院時鐘顯示十點十五分的時候，茂呂氣喘吁吁出現在你面前，你知道他趕路的意義嗎？喂，志木，你知道意義嗎？這是本次案件最令我們感興趣的地方。」

「嗯，我想……」志木刑警以含糊語氣述說想法。「殺人凶手想盡快離開現場，這是理所當然……」

「不是這種老掉牙的理由，茂呂肯定是全速趕回白波莊，因為要是他拖拖拉拉，警車肯定會在這段時間大舉抵達高野公寓，這種事顯而易見。」

「這樣啊……」志木刑警似乎依然摸不著頭緒。「他這麼害怕警車抵達？警察也不可能看過現場就立刻找到凶手，他貿然跑離現場反而令人起疑吧？」

「確實沒錯，但茂呂怕的不是警車。」

「這……我聽不懂。」志木刑警露出束手無策的表情。

「這是怎麼回事？」流平再度要求說明。

「很簡單，警車發出的警笛聲，會成為他行凶計畫的大問題。茂呂以縮短三十分鐘的電影與撥快三十分鐘的時鐘，擾亂家庭劇院裡的時間，但要是戶村你稍微聽到警車的警笛聲，一切將會功虧一簣。順帶一提，前天晚上最先抵達現場的警車，就是我與志木刑警的車，抵達時間是九點四十八分，之後也陸續有警車抵達，你當時把撥快三十分鐘的假時間當真，如果聽到外頭的警笛聲，應該會認為這是十點十八分的聲音，但你隔天肯定會看報紙，上頭會記載正確行凶時間是晚間九點四十二分，既然行凶時間是九點四十二分，為什麼警車十點十八分才抵達？你當然會感到疑問，而且只要你沒有太渙散，肯定會察覺真相，這對茂呂非常不利。因此茂呂這時候只能採取一種做法，就是在警察抵達現場之前趕回白波莊，將你留在家庭劇院。家庭劇院內部完全隔音，聽不到遠方傳來的警笛聲，如果還是擔心，只要以立體聲音響播放硬式搖滾樂，肯定聽不到外界的聲音，實際上茂呂也這麼做，第七階段至此結束。

接下來，沒聽到警笛聲的你，就這麼沒察覺任何異狀，和返家的茂呂喝酒聊天，酒宴的酒與下酒菜，當然是茂呂預先準備的東西，不是在酒宴前十五分鐘外出時購買的。茂呂先把食物放在花岡酒店塑膠袋藏進廚房櫃子，行凶之後以右手提著袋子，以一副剛買回來的模樣現身，酒宴就這樣開始了。茂呂在接下來這十五分鐘，必須和你一起喝酒閒聊，警笛聲很可能在家庭劇院外面持續響一陣子，所以茂呂不能讓你離開劇院，加上不能默默喝酒，所以當然得聊天，而且得盡量用你感興趣的話題把你留在劇院。不過這段交談隱含著一個非常敏感的問題，從家庭劇院時鐘來看，茂呂十點離開白波莊，在花岡酒店購物之後於十五分回來，這十五分鐘不是普通的十五分鐘，高野公寓的命案發生於九點四十二分，那麼十點到十點十五分這段期間，高野公寓前面肯定滿是警車、警察與圍觀群眾，按照設定，茂呂在這段時間剛好在高野公寓附近購物，那麼剛買完東西回來（實際上是剛殺人回來）的茂呂，要是完全沒提到高野公寓周邊戒備森嚴的狀況會很不自然，因此茂呂必須佯裝成剛才外出時遭遇墜樓案件，不覺得這場戲很奇妙嗎？」

「咦，請等一下！」流平一頭霧水詢問：「換句話說，他當時說的是……還沒發生的未來？」

「就是這樣，茂呂自行想像十點到十點十五分的墜樓現場狀況敘述給你聽，依照實際時間，他對你說的是九點四十五分到十點的事，所以確實是在述說未來，這真的是一步險棋，所以他沒辦法詳述過程，只能大略提及，當時他應該只說『很多警車』或『好多人圍觀』這種程度的心得吧？」

「確……確實沒錯。」

「這是第八階段，快結束了。」

砂川警部越說越來勁。

「第八階段結束時，劇院裡的時鐘是十點三十分，實際時間是十點，各位應該明白茂呂這時候非得怎麼做吧？他這次必須真正出門到花岡酒店購物，讓劇院裡的戶村與花岡酒店店長的證詞一致，為此茂呂再度需要獨自離開的藉口，他在此時所說的藉口是『洗澡』，即使不太自然，茂呂也硬是表示要洗澡，戶村當然不會阻止。茂呂就這樣獨自離開劇院，表面上是去洗澡，實際上則是開著蓮蓬頭外出，他走出玄關時，湊巧看到正在修機車的二宮朱美，茂呂向她說『去一趟酒店』，經過她身旁前往花岡酒店購買酒與下酒菜，而且當然注意要買哪些東西，酒必須是兩瓶玻璃瓶的『清盛』與兩罐氣泡酒，下酒菜是烤米果、洋芋片、臘腸片、起司鱈魚條、開心果，接著茂呂故做自然，和店長聊到對街高野公寓命案的話題，接著進入圍觀群眾，和高麗軒店長簡單交談，讓他成為另一位證人。」

志木刑警隨即提問。

「為什麼需要另外找人聊天？和酒店老闆聊天是理所當然，但應該不需要找高麗軒店長吧？」

「不，這是必要步驟，這麼做是因為茂呂在第八階段，和戶村閒聊的十五分鐘提到他『看熱鬧用掉一點時間，所以用跑的回來』，茂呂先前從命案現場趕回家，以免戶村聽到警笛聲，並且用這個藉口解釋自己為何匆忙，不過既然講出這種話，茂呂就真的必須加入圍觀群眾的行列。換句話說，茂呂在第八階段大致預料即將發生的事，所以這時候反而得依照自己敘述的內容來行動，照理應該反過來先採取行動才敘述，他則是依照敘述來行動，茂呂耕作必須找人證明自己確實在場圍觀，所以選擇了高麗軒的店長。後來，茂呂和高麗軒店長聊完立刻返家，在門口再度遇見二宮朱美，這時候是十點十五分左右，茂呂悄悄回家之後先到浴室淋浴，以剛出浴的樣子出現在戶村面前，這麼一來也能避免戶村發現他流汗與喘氣，這時候應該是十點十六、七分，你只會覺得茂呂洗澡有點久，當然不會認為茂呂外出，而是堅信他一直在浴室洗澡，這樣第九階段就結束，整個布局幾近完成。」

砂川警部以沉穩的語氣說出最後階段做總結。

「第十階段很簡單，茂呂繼續慫恿你喝到醉，控制在不會忘記今晚記憶的程度，等你睡著再把家庭劇院裡的數位時鐘調整回來，整個布局就此完成。」

砂川警部如同要解除場中緊繃的空氣，補充以下這句話。

「……不過實際上，茂呂還沒完成布局就死了。」

6

令人驚愕的真相終於大白，不過這真的該稱為真相嗎？茂呂殺害紺野由紀應該毋庸置疑，茂呂為此玩弄不在場證明的手法也是事實，然而如此縝密嚴謹的布局，卻在最終階段因為凶手本人死亡而瓦解，真相只算是揭開一半。

流平懷疑自己處於窘境。

「你該不會認為，是我在布局過程殺害茂呂先生吧？你認為殺害紺野由紀的是茂呂先生，殺害茂呂先生的是我……」

「總之，我姑且想過這種可能性。」

砂川警部看向天色完全變暗的窗外回答。

「不過你沒有殺害茂呂耕作的動機，到頭來，我們之所以懷疑你，是認為你殺害紺野由紀，推測茂呂以共犯身分協助你，卻因為內鬨而同樣被你殺害……但如果是茂呂殺害紺野由紀，就不太可能是你殺害茂呂，何況你主張命案現場是門鏈上鎖的密室，若你正是殺害茂呂耕作的凶手，兩種說法就自相矛盾，畢竟不可能有人刻意提出對自己不利的證詞……」

砂川警部在這方面顯然還沒釐清真相，至今滔滔不絕揭發手法的流利語氣消失到不見蹤影。

「戶村，畢竟我們至今滿腦子認為凶手就是你，想不出其他殺害茂呂的嫌犯。」

志木刑警以一副嫌麻煩的態度詢問砂川警部。

「那麼，茂呂耕作命案又回到原點了？」

「就是這樣。」

「所以警部，我們得先列出嫌犯名單吧？」

「嗯，有必要把至今沒考慮的公司人員列進來。」

「他的異性關係呢？」

「當然也要調查，總之搜查工作從頭開始。」

「不，警部先生，我覺得沒這個必要。」

某人像是等待砂川警部這句話很久般提出異議，這個人就是至今令人質疑為何需要在場的他。

「不用擔心。」鵜飼偵探舉手說道。「凶手是誰，我心裡有底。」

「喔，也就是說……」砂川警部興致盎然地說：「你要自首？」

這位警部先生講話真傷人。

「不可以亂講，我不是在胡鬧或開玩笑。」

偵探強調自己很認真，但這句話顯然沒有影響兩名刑警的心，志木刑警以瞧不起他的閒話家常語氣說：

「警部，既然他這麼說，真希望他告知真相，對吧？我們也能省去一番工夫。」

「說得也是。」砂川警部也附和。「那麼，方便說出你心中的人選嗎？」

室內瞬間一片寂靜，流平也緊張等待偵探繼續說下去，然而……

「不，現在還不能斷言是誰。」

流平感到失望，並且再度後悔讓這個偵探參與事件。鵜飼掛著偵探頭銜，最後卻只負責聆聽砂川警部的高明推理，流平不禁同情這個私家偵探。

「不過警部，只要給我短短三十分鐘，我就能安排兩位前往這個案件真正的『最終階段』，兩位意下如何？」

慢著，現在不是同情的場合。

「鵜飼先生……麻煩過來一下。」

流平拚命做出安撫動作，把鵜飼叫到偵訊室一角。

「等一下，鵜飼先生，這樣說大話沒問題嗎？要是後來出糗，我可不管啊？」

「唔，我說你啊，講話客氣一點。」鵜飼似乎無法壓抑激動情緒。「你說誰『說大話』？誰『出糗』？就算你或那個警部不明白這個事件的真相，我也已經明白到不能再明白了，你就抱持著坐上大話……不對，坐上大船的心情靜待結果吧。」

流平很擔心。即使暫時擺脫從天而降的災難，這個事件似乎還會引發一番風波。

7

後來流平坐上的不是大船，是警車後座，坐在旁邊的鵜飼探出上半身往前傾，不時做出「看，前面路口右轉」或「這裡左轉」的指示。開車的是志木刑警，他大概是終於覺得煩了，粗魯打方向盤讓後座兩人上半身大幅傾斜，然後壓低聲音開口。

「我說啊，我好歹也是警察，交給我帶路就好，去西幸橋就行吧？用不著頻頻下令，我也知道在哪裡。」

是的，正如志木刑警所說，警車在夜晚的烏賊川市一路朝著西幸橋奔馳，副駕駛座的砂川警部轉身向後。

「西幸橋有什麼東西？還是河面有什麼東西？」

「現在不能說。」

偵探經常賣關子，鵜飼偵探也不例外。

流平當然推測得到鵜飼的意圖，西幸橋底下是金藏的紙箱屋，說到金藏就會想到「長槍密室論」，這和本次事件有何關連？流平對此深感興趣又有所不安。

總之，鵜飼應該也有他的堅持吧，砂川警部當面流利解開不在場偽證，他這個偵探肯定不是滋味，既然這樣，就要親手解開最後謎團，挫挫刑警們的威風！鵜飼應該是抱持這種志氣。

要說幼稚，確實很幼稚。

警車不久就抵達西幸橋，偵探指示把車停在堤防，車子停好之後，鵜飼向前座兩名刑警提出請求。

「警部先生，我希望接下來由我和戶村處理，可以嗎？」

「不可以。」砂川警部並不是那麼明理。

「嘖……小氣。」鵜飼也不是那麼懂事。

「不能明顯露出這麼不滿的表情吧？別忘了，你們還沒完全擺脫嫌疑。」

「明白了。」鵜飼終於讓步。「那麼，刑警先生應該擅長跟蹤，所以請兩位跟在我們十公尺後方以免礙事，戶村，我們走吧。」

鵜飼輕推流平的背，並且迅速下車。

「居然說我們礙事……警部，他們兩人是怎樣！」

「好了好了，別氣成這樣，就讓他們放手一試吧。」

砂川警部安撫著憤怒的志木刑警，鵜飼以兩人的對話當成背景音樂，迅速走下堤防與河岸，流平也緊跟在後。走到坡道底端轉頭一看，兩名刑警依照吩咐，如影隨形跟在十公尺後方，就某方面令人不太自在。

「我個人認為，讓刑警先生他們陪在身旁比較安心。」

「我個人可不想這樣。」

偵探完全不聽勸，流平無奈打消念頭繼續跟著走。

月亮今晚沒露面，市區燈光照亮夜空，卻照不到地勢較低的河岸。朦朧的黑暗籠罩周邊，傳入耳中的只有後方刑警們的腳步聲，以及旁邊烏賊川的潺潺水聲，過橋車輛的聲音偶爾從頭上傳來，令流平更加恐懼。

撥開高大雜草走到橋墩附近，總算看到醜陋的紙箱屋從黑暗中浮現，這裡是金藏的住處，流平面對昨晚藏身的空間，有種難以鎮定的複雜心情。

「鵜飼先生，請等一下。」流平慢半拍詢問偵探的真正意圖。「這麼做有什麼意義？找金藏先生有什麼事？」

「總之先別問，安靜一點。」

鵜飼沒回答流平，筆直走向金藏住處。

紙箱屋和昨天一樣，其中一面牆以夾板擋住，這是玄關門的代替品，鵜飼以右手抓住夾板。

「喂，金藏，你在嗎？」

鵜飼移開夾板看向室內，流平也在鵜飼後方仔細窺視，裡頭當然漆黑一片，什麼都看不見。總之沒有回應，也感覺不到有人在裡面。

「嘖，看來不在。」

「怎麼辦，等他回來？」

鵜飼不發一語，再度將夾板歸位，沿著紙箱屋外圍繞到後方。這裡是另一間紙箱屋，裡頭的光線從紙箱縫隙與破洞透出來，看來有人。

「大門在哪裡？啊啊，這裡吧？」

鵜飼看向前方的藍色塑膠布，從屋頂無力垂下的塑膠布只有勉強擋住入口，看起來實在簡陋。鵜飼握拳輕敲塑膠布，似乎是在敲門，不過只響起波波的低沉聲響，這樣真的達到敲門的效果？流平如此思考時，塑膠布從內側撥開，裡面的人探出頭來。

「你們是誰？找我有什麼事？」

聲音聽起來沙啞，而且帶點口音，卻聽不出是哪裡的口音，在夜幕之中看不清楚他的臉，他是遊民，所以外表當然邋遢，大致看得出來是老牌遊民。

總之從他的長相與外表，可以確定今天是第一次見到他，鵜飼緩緩對這名男性說：

「大叔，抱歉忽然打擾，你前天晚上是不是捅了一個人？至於地點，我想想……應該是在幸町公園那一帶？」

鵜飼過於大膽的言行，令流平嚇了一跳。

鵜飼不知道基於何種理論，劈頭就問首度見面的人「是不是捅了人」，這問題也太誇張了，流平認為肯定會大打一場而提高警覺。但這名神祕男性在流平面前咧嘴一笑，像是看開般這麼回答。

「哼，你怎麼知道這件事？你看起來又不像條子……對，你說得沒錯，我前天晚上確實捅了一個年輕人。不過話說在前面，我不是殺人兇手，只是個寒酸的搶匪。」

眼前的男性承認自己是兇手，也沒有逃跑的意思，不過他這番話聽在流平耳裡，只像是異國的話語。

「喂～刑警先生～這裡這裡～！」

「怎麼了怎麼了，現在到底是怎樣？」

在鵜飼的呼喚之下，兩名刑警從黑暗後方快步跑來。

遊民毫不抵抗爬出屋子起身，體型有些駝背。

「到底是什麼狀況？」砂川警部詢問鵜飼。

「為兩位介紹，他就是刺殺茂呂耕作的當事人。」

鵜飼指著身旁的駝背男性。

「你說什麼……」

砂川警部凝視男性頻頻打量，並且向偵探提出理所當然至極的詢問：

「這個男的是誰？」

鵜飼誇張聳肩回答。

「這個嘛，就算你問他是誰……我也不曉得名字，職業如你所見，是遊民。」

「什麼？你要指控一個連名字都不知道的人是兇手？」

「沒關係吧？反正我們和范・達因（註1）不一樣，名字或職業這種細節一點都不重要，如果無論如何都想知道，請兩位問他本人吧，那麼警部先生，我確實將殺害茂呂耕作的真凶交給你了。」

偵探露出立功的表情如此說著。

看來整個案件在不明就裡的狀況告一段落，流平驚愕不已。

8

從紙箱屋現身的神祕男性，在刑警們面前老實認罪束手就擒，因此刑警們也沒有理由繼續拘留流平與鵜飼，兩人立刻當場獲釋。

「不過，我們或許還會找你們打聽情報，拜託別忽然不見人影啊。」

砂川警部不忘以這番話叮嚀兩人，志木刑警不太清楚現在的狀況，總之先把忽然承認是凶手的遊民押上車，警車就這樣載著兩名刑警與一名凶手離去。

流平眺望著車尾燈逐漸遠離，總算感受到惡夢般的慌亂三天至此結束。

然而，惡夢結束不代表現實立刻上演，流平不知道的事情堆積如山，令他還沒有

註1　作家兼評論家，曾經提出著名的《推理小說二十法則》。

案件水落石出的感覺。

兩人搭計程車回到鵜飼偵探事務所，流平一回到事務所就要求鵜飼說明，為什麼那個連名字都不知道的遊民要刺殺茂呂耕作？為什麼鵜飼知道這件事？而且為什麼那個遊民毫無抵抗乖乖就範？

「沒什麼，原因很簡單。」

鵜飼放鬆躺在事務所沙發開始說明，流平坐在正對面的椅子，兩人前方的熱咖啡冒著蒸氣。偵探先喝一口咖啡，再將右手深入西裝口袋摸索，片刻之後從口袋抽回右手，指尖捏著一個像是褐色貝殼的小東西。

「我想，你應該對這東西有印象……」

「開心果？」流平歪過腦袋。

「對，開心果殼，就是昨天和你一起到茂呂耕作住處時，在那間家庭劇院發現的東西，撿到這個的時候，我從來沒想過這會成為關鍵。」

「什麼關鍵？」

「總之你仔細想想，這個開心果殼為什麼會在家庭劇院？是沒有打掃乾淨，從一星期前就掉在地上的垃圾嗎？」

「說這什麼話？」流平出言否定。「這是前天的垃圾，是我和茂呂先生在劇院喝酒留下的，茂呂先生買的下酒菜有開心果，當時果殼掉到地上，被鵜飼先生撿到。」

「當然是這樣。」鵜飼點頭回應。「至於我從這個果殼得到的真相，就是前天晚上茂呂耕作佯裝出門購物回來時，手中花岡酒店袋子的內容物。依照你的敘述，袋裡有兩瓶玻璃瓶的『清盛』、兩罐氣泡酒、烤米果、洋芋片、臘腸片、起司鱈魚條與開心果，但你沒有詳細提到這十五分鐘的酒宴，哪些下酒菜拆封或是沒拆封，畢竟我也沒問這個問題，不過至少開心果肯定有拆封，所以地上才會殘留果殼，對吧？」

「是的，確實是這樣……所以呢？」

「居然問我這種問題？」鵜飼語氣像是在調侃流平的遲鈍。「聽好了，我們在這次事件，看過花岡酒店的袋子兩次，第一次是你在前天晚上酒宴看到的袋子，你隔天逃走的時候想湮滅證據，所以整袋扔到幸町公園的垃圾桶；你扔掉之後立刻被人撿走，大概是附近遊民幹的好事，還記得我進行過這個推理吧？」

「是的，我記得。」

「不過，這個花岡酒店的袋子，在昨晚再度出現在我們面前。當時我帶你去找金藏，金藏在我們面前拿出花岡酒店的袋子，看起來明顯是你扔進垃圾桶的東西因緣際會落入金藏手中。實際上，袋子裡的東西同樣是玻璃瓶『清盛』、烤米果、洋芋片、臘腸片……之類的東西，考量到金藏應該自己吃掉一些，袋裡的東西稍微變少也沒什麼好奇怪，不過有件事實在不可思議，就是那個袋子裡的開心果沒拆封，當時是我親手拆封，所以肯定沒錯。」

「啊啊……」

流平總算發現其中的矛盾，鵜飼當時確實在他面前拿出開心果包裝打開，所以在這之前並未拆封。

「既然這樣……你認為是怎麼回事？」

鵜飼試探般向流平說著。

「換句話說，金藏先生取出的花岡酒店袋子，不是我扔進幸町公園垃圾桶的袋子，兩者不同。」

「一點都沒錯，但是為何會這樣？這代表兩個花岡酒店袋子的內容物完全一樣。一般來說不可能有這種事，不過砂川警部已經揭開犯案手法，茂呂耕作在布局過程中，準備兩個裝有相同東西的花岡酒店袋子，聽好了……」

鵜飼喝口咖啡繼續說下去。

「其實很簡單，『殺戮之館』播完之後，茂呂耕作說『要去買酒與下酒菜』出門，實際上是去殺害紺野由紀。為了避免你發現，他預先準備花岡酒店的袋子，返家後提著這個袋子出現在你面前，你前天晚上看見的就是那個袋子。隔天扔進垃圾桶的也是那個袋子，不過金藏的袋子是另一個，那麼另一個袋子是從哪裡出現的？」

「金藏先生說，那是隔壁遊民送他的。」

「對，是那個無名遊民送的，那他如何得到那個袋子？」

「……」

「話說回來，砂川警部解開的犯罪計畫，到最後應該是這樣。聽好了，茂呂耕作以洗澡為藉口暫停和你喝酒，並且真的在十點多前往花岡酒店購物，完成自己的不在場證明，為了避免和你的證詞不符，他當然會注意購買的品項，那就奇怪了，這時候的花岡酒店袋子到底跑去哪裡？難道是在回家途中扔掉？不，不可能是這樣，這個袋子只是用來偽造不在場證明，就算扔掉確實也無大礙。可是卻無法在回家途中扔掉，因為茂呂耕作前往花岡酒店時，在白波莊外門遇見二宮朱美，並且提到要去酒店一趟，既然回程時很可能再度遇見二宮朱美，他就不可能扔掉花岡酒店的袋子空手返家。然而事實上，花岡酒店的袋子的確離開他的手，輾轉經由無名遊民落入金藏手中，這件事該如何解釋？」

「我懂了，茂呂先生的袋子被無名遊民搶走！」

「對，依照原本計畫，茂呂耕作要到花岡酒店購買酒與下酒菜，稍微加入群眾圍觀命案現場就回家，途中肯定會穿越幸町公園，因為這是最短的捷徑。他卻在這時候遇到意外狀況，一個住在公園的遊民，居然想搶他手中的花岡酒店袋子，這是二月二十八號的事情，我想你應該記得當天晚上特別冷，當一個冷到發抖的遊民，看到年輕人提著裝有日本酒的袋子從面前快步經過，遊民就忍不住起了邪念……」

「所以遊民刺殺茂呂先生，並且搶走袋子。」

「不，不是這樣。」鵜飼出乎意料斷然否定。「這樣就是強盜殺人，我認為不是這種案件，這個遊民甚至不是殺人凶手。」

不是殺人凶手。這麼說來，那個被逮捕的遊民也講過相同的話。他說「話說在前面，我不是殺人凶手，只是個寒酸的搶匪」，到底是什麼意思？

「這個遊民當然犯下搶劫罪，但我認為這符合正當防衛的原則。」

「正當防衛！」

「對，簡單來說，遊民找錯對象搶東西了。遊民應該只把自己的行徑解釋為搶劫，認定只是搶個裝有日本酒與下酒菜的袋子，罪行不會嚴重到那裡去，但是對茂呂耕作來說，這個袋子可不是普通的『裝有日本酒與下酒菜的袋子』。我剛才也說過，他知道自己返家時，很可能在外門再度遇見二宮朱美，也知道要是空手回家很危險，所以他絕對不能交出這個『裝有日本酒與下酒菜的袋子』。他的犯罪計畫終於抵達最終階段，這一步是最後關卡，絕對不能被一無所知的遊民妨礙。我認為他為了保護袋子，不惜動用偏激的手段，也就是拿出手邊的那把刀子。」

「是刺殺紺野由紀的刀子吧？」

「沒錯，茂呂耕作既然已經動刀殺人，應該不會猶豫再度動刀，實際上，他當然不是真的要刺殺遊民，只是想趕走這個忽然出現的礙事傢伙，避免重要的袋子被搶走。這一幕看在遊民眼裡肯定嚇一跳，無法想像對方只是東西被搶就拿刀亂揮。後來茂呂耕作與遊民扭打成一團，一把刀子引發的打鬥造成的結果，就是這把刀插入茂呂耕作的右側腹。」

「原來如此。」這段諷刺的進展令流平感嘆。「這麼說來，記得刑警先生說，紺野由紀背上的傷口與茂呂耕作右側腹的傷口，很可能是同一把凶器造成的，我也因此成為嫌犯。不過實際上，茂呂先生刺殺紺野由紀的這把刀，也害得他自己喪命。」

「對，刺殺茂呂耕作的無名遊民拿著袋子逃走，至於茂呂耕作遇刺之後的行動，我應該不用說明了，畢竟你已經聽過我的高明推理。」

「啊？」流平不太懂他的意思。「你所謂的高明推理是什麼？」

「喂喂喂，還要我再說一次『內出血密室論』？」

「啊啊……這句話聽起來好懷念，我完全忘了。」

「可不要悠哉忘掉啊，這正是最終解開本次密室的獨一無二理論，不過我當然早就知道了。」

原來如此，偵探說的沒錯，他當時一聽到流平體驗的密室，就立刻提出「內出血密室論」，即使後來因為二宮朱美的證詞而一度受挫，和砂川警部解開的「時差手法」組合之後，依然再度具備說服力，不枉費鵜飼偵探如此堅持。

「茂呂耕作在晚間十點前往花岡酒店購物，他在幸町公園和遊民扭打導致右側腹遇刺的時間，推測應該是十點十分左右。後來他和『人性的證明』的黑人一樣，以大衣遮住遇刺的右側腹，並且用右手按住……接著不知道他意識是否清醒，總之他心無旁騖走回白波莊四號房，二宮朱美當然在旁邊，依照二宮朱美的證詞，他是在十點十五分返家，而且當然沒有打招呼就經過，要是二宮朱美稍微細心觀察，應該會發現他腳步有點不穩，但二宮朱美沒察覺到這個細節，甚至在看到茂呂耕作右手按著右側腹時，自行解釋為『他肯定用右手提著酒店袋子』，實際上他右手沒有提袋子，而是隔著大衣握住刀柄，就這樣，總算返家的茂呂耕作自己用門鍊鎖上玄關門，喔喔，密室完成！」

鵜飼滿心感慨如此宣布。

「再來就簡單了，茂呂耕作脫下大衣掛在玄關，搖搖晃晃進入浴室，拔出右側腹的刀子，而且應該是在這一瞬間喪命，時間大約是十點十七、八分，後來你發現屍體，依照家庭劇院的時間是十一點出頭，不過實際時間是十點三十分出頭，不，正確時間是十點三十五分。」

「啊？」流平有所質疑。「為什麼能這樣斷言？」

「什麼嘛，你該理解了吧，二宮朱美不是說過嗎？她說『十點三十五分，四號房浴室響起咚一聲很沉重的聲音』，我們貿然認定這是茂呂耕作的死亡時間，實際上卻不是。」

「啊！我懂了……」

「對，這是你發現屍體之後昏倒在更衣間的聲音，你在十點三十五分昏迷之後睡到隔天早上。」

「唔～」流平低聲思索，同時也後悔自己如此窩囊。「所以鵜飼先生，要是我當時沒昏倒而是立刻報警，就會當場發現自己的時間慢了三十分鐘，也能立刻揭發茂呂耕作先生設的局，原來如此……把這個案件變複雜的就是我！」

「哎，也可以這麼說吧，但是不只如此，別忘了還有另一個巧合，或許該說是神的惡作劇……就是打雷。」

「打雷！」

「對，你昏睡當晚，白波莊周邊有落雷，導致四周暫時停電，錄放影機內附的數位時鐘也因而重設，也就是砂川警部所說的第十階段。茂呂耕作死亡之後，沒人能進行第十階段，但是落雷偶然代為完成，不然我們只要隔天看到晚三十分鐘的時鐘，早就察覺事件真相了，哎，因為各種巧合湊在一起，才造成這次的奇妙密室案件。」

接著鵜飼拿起涼透的咖啡，做出乾杯動作。

「總之太好了，我們的密室終於開啟……咦，這時間是誰打電話來？打錯嗎？」

桌上電話毫無前兆響起，鵜飼放下杯子起身，緩緩走向辦公桌隨便拿起話筒。

「喔，不得了……名警部親自打電話找我？」鵜飼連語氣都很隨便，流平聽出對方是砂川警部。「那個遊民乖乖招供嗎……這樣啊，很好，他是否主張正當防衛……呃，問我為什麼知道……警部先生，請不要說傻話，這種事我早就看透了，別這樣，不用道歉。咦，表揚？……表揚我？哈哈哈，無聊，真無聊，我對這種事沒興趣……我只是致力於保護委託人的名譽，對，那麼警部先生，改天有緣再相見吧，好的，再聯絡。」

鵜飼放回話筒。

「……」

「鵜飼先生。」流平當然在意對話內容。「砂川警部打來的？」

「對，案件依照我的推測順利解決，總之堪稱圓滿落幕。」

「可是……剛才提到的表揚，是那種表揚吧？」

「對，名人頒發獎狀與紀念品的那種表揚。」

「你拒絕了？」

「當然，拘泥於獎品或名聲違反我的原則。」

「真可惜。」

「不，沒什麼好可惜的……我不是為此才協助警方……」

「但我覺得能拿就該拿。」

「……」

「鵜飼先生。」

「什麼事？」

「你其實覺得拒絕很吃虧吧？」

「………」偵探沉默片刻，但似乎終於重新振作，也像是在強顏歡笑，首度發出豪邁的笑聲。「哈哈哈哈哈哈，哈哈哈！你別開玩笑了，我是私家偵探，開心收下競爭對手的獎狀成何體統？哎，真是的，獎品是最容易害人墮落的東西，哈哈哈哈哈哈！」

這是非常了不起的心態，但他不自然又過久的笑聲，顯然證明這不是真心話，或許這是隱約窺見「縱橫市井的高傲偵探」肖像的瞬間……

9

「……我剛才提到他可能會受到表揚。」

「是喔，那個偵探應該很高興吧？」

「他說免了。」

「拒絕了？是喔……基於偵探的志氣？」

「應該吧。」如此回答的砂川警部不忘提醒志木。「好了，專心看畫面，這是很重要的工作。」

破案當晚過後的三月三號上午，砂川警部與志木刑警在白波莊四號房專注進行後續蒐證，對象是家庭劇院牆邊塞滿整面櫃子、數量驚人的影帶。如果砂川警部的推理正確，這裡肯定還殘留著兩小時濃縮版的「殺戮之館」影帶，理論上是如此，然而一旦要實際找出影帶就很費力，兩人無從判斷茂呂耕作將該影帶藏在櫃子何處，要是貼著一目瞭然的標籤就不是難事，但當然無法期待這種事，茂呂耕作甚至比較可能貼上毫無關連的標籤做為障眼法。到最後，刑警們只能依序把每捲影帶放入機器播放，志木認命心想「有志者事竟成」，努力重複著單調乏味的程序，這或許是最適合破案隔天進行的工作吧。

「警部，看到屬下勤快工作的樣子，您不會稍微想幫點忙嗎？」

「不會……反正已經破案了。」

砂川警部只是坐在劇院正中央的椅子看志木幹活，昨天將名警部風範發揮得淋漓盡致的砂川警部，今天恢復為原本毫無幹勁的平凡砂川警部，即使他會為了拆穿不在場證明而燃起執著之火，依然對這種平凡的後續蒐證工作沒興趣。

「警部，雖說破案，但我還是有問題。」

「怎麼啦，只要你問得出來，我就會回答，反正我很閒。」

「但我一點都不閒……」志木噘起嘴。「算了，不計較。我想問的是案發當晚，茂呂在案發現場附近和高麗軒店長交談時看到我，因而出現異常反應，那到底是看到什麼東西所做的反應？」

「什麼嘛，原來是這種問題。既然現在已經揭穿他的手法，這就是自明之理，他當然是看到你的打扮嚇一跳，不過茂呂耕作應該看不出你是刑警。」

「啊？意思是？」

「這是當然的吧？喂，志木，你仔細想想自己案發當天的穿著。」

「唔，這麼說來，我當時穿得很特別。」

志木事到如今回想起當時打扮得像是不良少年出身的黑幫分子，感到不好意思。

「站在茂呂的立場就能明白，久違重逢的高中同學是那種打扮，他絕對不會認為你是刑警，那你在他眼中到底是怎樣的人？你在高中時代頗為逞凶鬥狠，那麼至少以茂呂的觀點，會認為當年是不良少年的你長大之後真的加入幫派，這樣的你和警察一起位於命案現場，茂呂會如何解釋這一幕？答案很簡單。」

「唔……」志木只想得到一種可能。「在茂呂眼中……我被當成命案嫌犯？」

「哎，他當然會這麼認為吧，光是這樣，就足以讓如假包換的真凶茂呂大吃一驚，而且有件事很傷腦筋，茂呂基於某種隱情，不能在現場和你寒暄問候。如同我昨天所說，茂呂對戶村流平敘述尚未發生的事情，並且必須依照敘述的內容行動，所以茂呂即使露出面露驚訝與動搖，最後還是決定當作沒看到你，讓你覺得他的反應不自然，如此而已。」

志木恍然大悟。以凶手是茂呂為前提，就能推測這是理所當然的反應；不過志木當時絲毫沒想到凶手居然是茂呂，才會百思不得其解。

「話說回來，我還有一個地方不懂。」

「動機吧？茂呂耕作為何非得殺害紺野由紀，這是最後的問題，不過……」

砂川警部稍微伸個懶腰，像是嫌麻煩般發牢騷。

「事到如今，就算揭發動機又有什麼意義？又不能把已經死掉的茂呂耕作定罪，所以我才會沒什麼幹勁查這種事，而且老實說一點都不重要。」

「不，我想問的是另一件事。」志木注意著砂川警部的反應繼續說：「茂呂耕作為什麼非得製造不在場證明？換句話說，我不知道他布局製造不在場證明的動機。」

「嗯，也對。」

砂川警部似乎也抱持相同疑問，志木得到自信繼續說下去。

「一般來說，凶手知道自己容易產生嫌疑，才會用計製造不在場證明擺脫嫌疑。關於本次的紺野由紀命案，茂呂耕作到頭來根本不會被懷疑，他們兩人之間完全沒有表面上的連結。即使如此，茂呂卻使用縝密到異常的手法，鞏固自己的不在場證明，最後遭到妨礙反被刺殺，這部分我實在無法理解。凶手這麼聰明，整個布局卻有這種破綻……」

「嗯，也對。」雙手抱胸的砂川警部，視線忽然被畫面吸引。

「……唔，喂，志木！你看！這是什麼影像！」

幾乎以機械化動作反覆將影帶插入、播放並取出的志木，一時之間搞不懂砂川警部為何驚訝，他連忙看向電視，繼昨天之後，畫面再度出現沒打馬賽克的女性裸體……不，等一下，志木專注觀察，發現場景似乎是浴室，裊裊霧氣使得視界很模糊，背對畫面站立的全裸背影……怎麼看都是男的，是年輕男性。

「這捲錄影帶是怎樣！」

「看來是用私人錄影機偷拍的，不過居然是偷拍男人裸體……啊～！」

「就是說啊……啊～！」

兩名刑警幾乎同時大喊。

「這傢伙不就是戶村流平嗎！」

兩人後來接連發現偷拍戶村流平的裸露影帶，戶村流平肯定只把茂呂耕作視為學長，但茂呂似乎不只是將戶村視為學弟，這麼一來，就必須思考這件事和本次案件的關係。

砂川警部深思之後，從這個衝擊事實導出一項見解。

「也就是說……」砂川警部沉重開口。「我認為茂呂是代替戶村流平殺害紺野由紀，你覺得如何？」

「代替？」

「並不是共犯的意思。你也聽過戶村流平被紺野由紀甩掉受到打擊，在夜晚車站前面胡鬧的事蹟吧？」
「啊啊，牧田裕二那個學生提到的事情？」
「對，那場騷動發生在公共場合，目擊者以百人為單位。既然這樣，這件事也可能傳入茂呂耕作耳中，對吧？」
「呃，所以茂呂是代替戶村發洩當時的怨恨？」
「簡單來說就是這樣。即使紺野由紀主動提分手，戶村當然沒有恨到想殺掉她，不過回想起來，我們也曾經質疑戶村對紺野由紀憎恨到想下毒手吧？茂呂也一樣，他認為戶村打從心底憎恨紺野由紀，因此決定代替戶村行凶，這應該就是本次案件背後的動機。」
「原來如此，戶村的憎恨就是自己的憎恨，茂呂耕作以扭曲的形式，表達這份扭曲的愛情。」
「就是這樣，而且以這種方式推測，茂呂耕作之所以製造不在場證明，是基於完全不同的意義。」
「什麼意義？」
「正如你剛才所說，茂呂沒有為自己製造不在場證明的動機，換句話說，茂呂製造不在場證明並非為了自保，整個布局原本要保護的對象，是紺野由紀遇害之後最容易有嫌疑的人，也就是戶村流平。」

「呃！」志木終究也忍不住驚呼。「所以這整個布局，是幫戶村流平製造不在場證明？」

「對，茂呂為戶村殺害紺野由紀，但要是戶村因而成為嫌犯就得不償失，因此茂呂擬定計畫由他下毒手，並且為戶村準備不在場證明。如果一切進展順利，一無所知的戶村就能在警方面前光明正大證實『我在紺野由紀遇害的時候，正在和茂呂先生一起看影片』，整個布局就是要製造這個不在場證明……如何，這麼想就全部說得通吧？天啊，說起來實在恐怖，但我們當然還不能認定這是真相……」

不久，兩人找到濃縮版「殺戮之館」的影帶，再度證實砂川警部推測正確，推理內容正是事件真相。

不過關於行凶動機，兩人沒能找到進一步的證據，無人知道砂川警部的見解是否命中紅心。

終章

那麼，本故事所有謎團至此全部解開，繼續寫下去可能只是畫蛇添足，應該適可而止才對，即使認知到這一點，也要以一些篇幅敘述某些事情。

應該有人關心無名遊民的後續進展。他當然被送上法庭，爭論焦點在於他的殺人行徑是否屬於正當防衛。這個案子審理很久，後來法院折衷（但法官並沒有這麼說）認定被告是過度防衛，何況被告當時確實行搶，沒被認定完全是正當防衛也情有可原，判處緩刑的遊民當然沒回到紙箱屋，如今待在拘留所。

砂川警部與志木刑警兩人，完全沒因為破案立功而晉升或轉調，依然和至今一樣是人民公僕。要是看到烏賊川市警察署後方運河河岸，有個永無出頭之日的西裝男性觀察水面在意天色，這個人肯定是閒得發慌的砂川警部。請注意，他腦中或許出乎意料正在破解不在場證明，最好避免向他搭話。

至於戶村流平，只能說他這次霉運當頭，讓他靜一靜比較好。不過在此必須強調，好幾次有人目擊戶村流平前往能夠眺望海面的山丘墓園，在紺野由紀的墳前全神貫注合十默哀，這次事件的最大受害者是紺野由紀，第二受害者肯定是他。

鵜飼偵探再也沒收到表揚邀請，即使感覺有些吃虧，樂觀的他依然相信會有下一次機會，到時候先不提獎狀，總之得收下獎金，為此必須再度有類似的難解案件自動找上門，如此心想的偵探修改至今的宣傳戰略。現在看到烏賊川市的電話簿廣告，肯定會看見字體比至今更大的「WELCOME TROUBLE」，各位有興趣可以打電話試試，不過這位偵探很挑剔，瑣碎的麻煩事可能不會受理。

話說回來，用為悲劇舞臺的白波莊拆除了，如今已經消失，怪手司機進行拆除工程時，發現只有一個房間異常堅固而目瞪口呆——房東二宮朱美後來經常拿這個話題來說笑。

怪手司機肯定不知道這個「裝置」的用途。

逆思流

密室的鑰匙借給你

（原名：密室の鍵貸します）

作者／東川篤哉　譯者／張鈞堯
榮譽發行人／黃鎮隆
執行長／陳君平
協理／洪琇菁　國際版權／黃令歡
執行編輯／呂尚燁　美術主編／李政儀
企劃宣傳／楊玉如、洪國瑋、施語宸
出版／城邦文化事業股份有限公司 尖端出版
台北市中山區民生東路二段一四一號十樓
電話：（〇二）二五〇〇七六〇〇　傳真：（〇二）二五〇〇二六八三
E-mail：7novels@mail2.spp.com.tw
發行／英屬蓋曼群島商家庭傳媒股份有限公司城邦分公司
尖端出版 行銷業務部
台北市中山區民生東路二段一四一號十樓
電話：（〇二）二五〇〇—七六〇〇（代表號）
傳真：（〇二）二五〇〇—一九七九
讀者服務信箱：sandy@spp.com.tw
中彰投以北經銷（含宜花東）／楨彥有限公司
電話：（〇二）八九一九—三三六九
傳真：（〇二）八九一四—五五二四
雲嘉經銷／威信圖書有限公司 嘉義公司
電話：（〇五）二三三—三八五二
傳真：（〇五）二三三—三八六三
南部經銷／威信圖書有限公司 高雄公司
電話：（〇七）三七三—〇〇七九
傳真：（〇七）三七三—〇〇八七
香港總經銷／城邦（香港）出版集團有限公司
香港灣仔駱克道193號東超商業中心1樓
電話：（八五二）二五〇八—六二三一
傳真：（八五二）二五七八—九三三七
E-mail：hkcite@biznetvigator.com
馬新經銷／城邦（馬新）出版集團 Cite(M)Sdn.Bhd.
E-mail：Cite@cite.com.my
法律顧問／王子文律師 元禾法律事務所
台北市羅斯福路三段三十七號十五樓
二〇一二年十一月一版一刷
二〇二二年四月二版二刷

■中文版■

郵購注意事項：
1. 填妥劃撥單資料：帳號：50003021戶名：英屬蓋曼群島商家庭傳媒(股)公司城邦分公司。2. 通信欄內註明訂購書名與冊數。3. 劃撥金額低於500元，請加附掛號郵資50元。如劃撥日起 10～14日，仍未收到書時，請洽劃撥組。劃撥專線TEL：(03) 312-4212 ・ FAX：(03) 322-4621。E-mail：marketing@spp.com.tw

國家圖書館出版品預行編目資料

密室的鑰匙借給你 ／ 東川篤哉 作 ; 張鈞堯 譯. / .
--二版. --臺北市：尖端出版, 2022.01 面 ; 公分.
--(逆思流)
譯自: 密室の鍵貸します

ISBN 978-626-316-373-7(平裝)

861.57 110020181